Ina Ruschinski

Braunes Wasser

Meeresstrand

Ans Haff nun fliegt die Möwe,
Und Dämmerung bricht herein;
Über die feuchten Watten
Spiegelt der Abendschein.
Graues Geflügel huschet neben dem Wasser her;
Wie Träume liegen die Inseln
Im Nebel auf dem Meer.

Ich höre des gärenden Schlammes
Geheimnisvollen Ton,
Einsames Vogelrufen –
So war es immer schon.

Noch einmal schauert leise
Und schweiget dann der Wind;
Vernehmlich werden die Stimmen,
Die über der Tiefe sind.

Theodor Storm

Ich habe dieses Buch geschrieben für meine Heimatstadt Nordenham, für die Menschen dort, denen ich mich verbunden fühle wie dem Weserstrand, dem Schilfgras und den schlickigen Weiden.
Und ich schrieb es für all diejenigen, die, wie ich, wissen wollen, was einmal war – sich berühren lassen und hinfühlen möchten.
Und für die ehemaligen Häftlinge von Langlütjen und ihre Familien, die vielleicht – darüber schweigend oder auch nicht – noch immer diesen traurigen Teil der Geschichte der Insel in sich tragen.

Nur ein paar Seiten gegen das Vergessen.

September 1933

Der alte Hof lag nahe am Deich. In einem stillen Ort mit schweigsamen Menschen.

Nur wenn der Wind das Wasser peitschte und Donner über die Küste rollte, saßen alle zusammen, teilten ihre Furcht und keiner schämte sich dafür.

Generationen lebten hier, tauschten Zimmer, übergaben einander das Bett. Seit wann, das wusste niemand mehr und im Grunde kümmerte das auch nicht. Es gab ein paar Höfe entlang des Deiches und mit ihnen Menschen, die sich irgendwann einmal dazu entschlossen hatten, in dieser flachen rauen Gegend zu leben. Warum auch immer.

Ein ewiger Kampf mit dem Wasser, um einen tristen Landstrich. Mal gewann ihn das Meer, mal der Mensch, dann wieder das Meer.

Carla stand auf dem Deich, aufrecht und reglos. Nur ihr dunkler Umhang flatterte von Zeit zu Zeit im Wind.

Sie sollte nach den Schafen sehen. Das hatte ihr Vater befohlen. Jeden Abend tat er das. Und sie leistete dem Folge – jeden Abend. Genau genommen war es die schönste Zeit ihres Tages. Eine knappe Stunde nur für sie allein. Das war viel. Ein großes Geschenk in ihrem harten, von Entbehrungen erfüllten Alltag.

Vor einigen Wochen war eines der Schafe im Siel ertrunken. Das Gras auf dem Deich war knapp geworden. Vermutlich hatte es an der steilen Böschung Schilfgras gefressen und den Halt verloren. Das geschah manchmal. Lange konnte der Todeskampf nicht gedauert haben, die Strömung und die schwere weiße Wolle, ein paar Minuten vielleicht. Am Tage darauf hatte Carla das leblose Schaf in einer Aalreuse gefunden. Sie verdrängte den schauerlichen Anblick aus ihrem Kopf und ließ den Blick wieder über die kleine Schafherde schweifen.

Die Tiere lagen am Fuße des Deiches eng beieinander. Ein

friedliches Bild. Das hohe Gras der Salzwiesen wiegte sich sanft im Wind. Es war Ebbe. Carla roch den fauligen Duft des Seetangs. Für ein paar Stunden war das Meer hinausgegangen und hatte dunkelgraues Watt zurückgelassen. Die Abendsonne glitzerte auf der spiegelglatten Oberfläche, durch die sich schlangenförmig leergelaufene Priele wanden.

Carla wollte noch lange so stehen. Sie spürte, wie sich Ruhe in ihrem angespannten Körper ausbreitete und genoss das ungewohnte Gefühl, doch es war Zeit, heim zu gehen. Die Eltern gewährten ihr nicht viel. Carla gehorchte ohne Widerstand, ohne Bedauern oder Aufseufzen, aus schwerem Herzen. Sie tat es einfach. Das war ihre Aufgabe, so war ihr Leben. Für sie gab es kein Spüren und kein Denken darüber hinaus. Deshalb empfand sie auch kein Verlangen nach etwas anderem oder den Schmerz darüber, dass ihr etwas fehlen könnte.

Sie wandte sich um und war im Begriff zu gehen – da fiel ein Schuss. Carla fuhr erschreckt zusammen. Auch die Schafe waren aufgesprungen, liefen einen Moment lang umher, bis sie sich schließlich dicht zusammendrängten.

Der Schuss war vom Meer gekommen. Der Wind hatte das kurze schneidende Geräusch herübergetragen. Carla zitterte, plötzlich war ihr Körper eiskalt. Sie wagte einen Blick hinaus aufs Wattenmeer und sah in die Richtung, in der sie den Schützen vermutete.

Alles erschien ihr wie immer. Im Hafen auf der gegenüber liegenden Flussseite ankerten Schiffe und in der breiten Fahrrinne, die hinaus in die Nordsee führte, lagen still die beiden kleinen Inseln mit ihren militärischen Fortanlagen.

Die Sonne stand tief. Carla blinzelte und beschirmte ihren Blick mit der Hand. Sie glaubte etwas in der Ferne zu erkennen: ein Ruderboot, weit draußen, in der Nähe des hinteren Forts. Die junge Frau blinzelte noch einmal, da fiel wieder ein Schuss. Nun wartete Carla nicht länger. Von Angst gepackt, rannte sie den Deich hinunter. Das Herz klopfte ihr bis zum

Hals. Ohne sich noch einmal umzuschauen, lief sie den holprigen Weg entlang, sah ihre Füße über den Schotter stolpern und spürte, wie sich ihr Atem durch die viel zu enge Kehle presste.

Schnell erreichte sie den Hof ihrer Eltern. Ihr Blick heftete sich auf das große Dielentor, es stand einen Spalt offen. Carla schlüpfte hindurch und ließ die schwere Holztür hinter sich ins Schloss fallen.

Nun war es dunkel um sie herum. Sie tastete nach der Wand. Mit zittrigen Beinen lehnte sie sich dagegen und rutschte zu Boden. Es roch nach altem Schafsmist. Die Ställe waren leer und kühl. Hier in der düsteren Diele fühlte sie sich sicher. Sie umfasste ihre Knie mit beiden Armen und begann, sich sanft hin und her zu schaukeln.

Die Bauern in Carlas Dorf waren unruhig. Irgendetwas war geschehen. Schon vor einigen Wochen.

Über dem Dorf lag eine ungewöhnliche Stille. Eine Spannung, die mit Unbehagen und Angst zu tun hatte. Die Bauern sprachen nicht darüber, aber sie fühlten es.

Worte waren plötzlich gefährlich geworden. Es hatte mit der neuen Regierung zu tun. Sie wollte die öffentliche Ordnung wiederherstellen, hieß es.

Und viele begrüßten diese Idee, anderen war es egal. Einige fühlten sich unbehaglich, doch keiner empörte sich mehr. Die, die sich empört hatten, waren verschwunden.

Diese beiden Inseln, die militärischen Forts in der breiten Flussmündung, vor vielen Jahren errichtet, um die Hafenstadt vor feindlichen Invasoren zu schützen, gehörten für die Dorfbewohner seit jeher zum Küstenbild. Sie waren ihnen von Nutzen, bei Sturm, wenn hohe Wellen bedrohlich auf die Küste zu rollten. Doch seit einigen Wochen geschah dort etwas. Auf der hinteren Insel, jene, die weiter weg lag, zwei Kilometer vom Festland vielleicht.

Es war von einem Schiff die Rede, das bei Nacht Menschen auf die Insel transportierte. In den Zeitungen war darüber berichtet worden und einige Fischer munkelten – doch es war gefährlich, darüber zu sprechen, also ließ man es sein.

Gesprochen wurde ohnehin nicht viel in dieser Gegend. Schon gar nicht über Dinge, die einen nichts angingen und die bedrohlich waren. Diese Inseln gingen einen nichts an und sie waren auf einmal bedrohlich geworden.

Die Zeiten waren ohnehin schwierig genug, fanden die Bauern und wer gegen die Strömung schwamm, ging irgendwann unter, das war den Bauern an der Küste allzu bekannt. Also begab man sich gar nicht erst ins Wasser, sondern grub auf dem eigenen Feld. Da gab es genug zu tun. So dachten sie – und schwiegen.

Mai 1989

Ich war einundzwanzig Jahre alt und wusste nichts vom Leben und das Leben wusste nichts von mir. Oder besser gesagt, meine Existenz war so bedeutungslos für den Rest der Welt, dass, wenn es auch traurig klang, es für mich fast eine Erleichterung war.

Ich hatte noch nichts erreicht, außer einem mittelmäßigen Schulabschluss, einer abgebrochen Berufsausbildung und dem völligen Kontaktabbruch zu meiner Mutter.

An mir nagten Fragen wie: Wer bin ich? Besaß ich so was wie Talente? Würde jemals etwas aus mir werden? Ich wusste es nicht. Wie ich meinen Platz in dieser Welt finden sollte, wusste ich auch nicht.

Je mehr ich über mich nachdachte, desto düsterer breitete sich mein Lebensweg vor mir aus.

Ich hatte es mal mit einer Ausbildung versucht, im Versicherungsbüro von Steffen, dem Lebensgefährten meiner Mutter. Steffen glaubte mit einer Beharrlichkeit an mich, die unerschütterlich und mir unbegreiflich war. Ich hatte mich wirklich für ihn angestrengt und es war eine gute Zeit gewesen. Wenn auch nur eine sehr kurze Zeit von vier Monaten. Er war mein Freund und so hatte es mir sehr leid getan, ihn zu enttäuschen. Es gab da diesen unangenehmen Vorfall und ich ging fort – wieder einmal. Einfach zu gehen, war für mich der leichteste und am häufigsten gewählte Weg, außerdem trug ich wieder einmal viel zu viel Wut in mir. Diese Wut führte ein Eigenleben und brachte mich meistens in Schwierigkeiten. Seitdem stand ich drei Mal in der Woche morgens um halb vier Uhr auf und verdiente mein Geld auf dem Wochenmarkt.

Warum ich so war? Ich wusste es nicht.

Ich wäre gern anders, doch wie anders, war mir unklar. Betrachtete ich meine Mutter und Steffen, wusste ich nur, dass ich so nicht sein wollte. Sie funktionierten tadellos, gingen ihrer Arbeit nach, pflichtbewusst aber freudlos, für ein komfortables Zuhause, in dem es häufiger Streit gab als gemeinsam eingenommene Mahlzeiten. Ich verstand das nicht. Meine Mutter und Steffen warteten unentwegt. Worauf warteten sie so unermüdlich? Auf den Tod? Damit sie endlich zufrieden und mit einem Lächeln auf den Lippen wussten, dass sie es sicher erledigt und zu Ende gebracht hatten, das Leben? Am Tage warteten sie auf den Feierabend, dann auf das Wochenende, auf den Urlaub, auf ein neues Jahr, das besser wird, und wenn nicht, dann bitte wenigstens nicht schlechter.

Ich wollte anders sein als sie.

Meine Mutter hatte mit mir nie über meinen Vater gesprochen. Ich wusste nichts über ihn. Nicht wer er war und auch nicht, wie er war. Und je mehr ich meine Mutter danach fragte, umso höher schichtete sie die Mauer des Schweigens um sich herum und mit jeder weiteren Frage war ich erfolglos dagegen angerannt. Das brachte meine Wut zum Überkochen. Meine Mutter verstand es, aus mir ein Fass mit hochexplosivem Inhalt zu machen. Doch spürte ich in meiner Aggression umso mehr die Hilflosigkeit und Ohnmacht ihr gegenüber.

Nur einmal hatte ich eine Antwort von ihr bekommen, mal wieder während eines heftigen Streits. Sie schrie mich an, dass es meinen Vater nicht mehr gab, dass er tot sei. Dann fügte sie leiser, fast schon erschöpft, diesen seltsamen Satz hinzu, dass er außerdem nicht gut genug für meinen Großvater gewesen sei. Von da an fragte ich nicht mehr. Ich konnte feststellen, dass sie von diesem Moment an keine Macht mehr über mich hatte, doch dadurch war es sehr kalt geworden zwischen uns.

Also ging ich und nahm Abschied, von nichts, wofür es sich zu bleiben gelohnt hätte.

Ich lernte eines daraus: Es fiel mir leicht zu gehen. Oder man könnte auch sagen: Es fiel mir schwer, irgendwo zu bleiben und die Dinge durchzustehen.

Meine Großtante besaß ein kleines Wochenendhaus außerhalb der Stadt. Dort konnte ich wohnen – ich allein.

Es lag weit von der Endstation der Buslinie entfernt und um mich herum gab es nur ein paar Höfe von alt eingesessenen Bauern. Ansonsten Bäume, Gräben und mittendrin Wiesen, auf denen auch im Spätherbst noch vergessene Kühe weideten.

Ich war davongeschlichen. Und außer mir selbst hatte ich nicht viel. Doch das störte mich nicht. Ich war frei und konnte wieder atmen.

So ging es gut, drei Jahre lang, bis zu diesem Tag.

Ich stand früh auf, obwohl ich nicht zum Wochenmarkt musste. Normalerweise schlief ich bis weit in den Vormittag. Aber das Arbeitsamt schickte mich zu einem Vorstellungsgespräch in einen Supermarkt, in einer ungefähr sechzig Kilometer entfernten Stadt. Natürlich wollte ich diese Stelle nicht, doch was blieb mir übrig?

Ich hatte schlecht geschlafen und fühlte mich gerädert. Ich zog die Joggingschuhe an und schob mir die Kapuze des Sweaters tief ins Gesicht. Es war ein wunderbar kühler Morgen. In der Nacht hatte es gestürmt. Nun wirkte der Himmel wie gereinigt, und die Frühlingssonne tauchte dann und wann zwischen dahin flüchtenden Wolken auf.

Wenn ich nicht gerade auf dem Wochenmarkt arbeitete, verbrachte ich viel Zeit damit, herumzugammeln, zu lesen, fernzusehen und gedankenvoll Löcher in die Luft zu starren, um über mich und mein verkorkstes Dasein nachzudenken. Die einzig sinnvolle Betätigung, die mich wirklich erfüllte, war mit Kettensäge, Hammer und Beitel Holzstämme zu bearbeiten, bis entweder nichts mehr davon übrig war oder tatsächlich Skulpturen entstanden, denen man nicht immer auf den ersten Blick ansah, dass es welche sein sollten. Mein völlig verwilderter Garten, einst voll von Bäumen, war nun voll von solchen Skulpturen. Ich liebte diese selbstvergessene Arbeit. Sie war kräftezehrend und das gefiel mir.

Ich trabte ein Stück die Straße entlang. Dann schlug ich den Schotterweg ins Moor ein. Einmal im Karree um die Weiden und wieder zurück – meine Standardstrecke. Wenn ich lief, ging es mir gut, ebenso wie beim Bildhauern. Da konnte ich den Druck ablassen, der in mir gärte und den Deckel manchmal hochgehen ließ. Gleichmäßig setzte ich einen Fuß vor den anderen. Das ruhige Ein- und Ausatmen hatte etwas Meditatives. Ich fühlte mich erdverbunden und stark.

Mein Oberschenkel machte sich mit einem leichten Krampf bemerkbar. Ich beschleunigte das Tempo und lief gegen den Schmerz an. Nach einer Weile spürte ich nichts mehr. Nun war ich im Fluss. Ich sah einen frisch abgeknickten Ast am Boden liegen, stoppte kurz und hob ihn auf. Das nasse Holz lag glitschig in meiner Hand. Dann lief ich weiter. Mechanisch taten meine Beine ihren Dienst. Ich hörte mich rhythmisch atmen, roch die feuchte Erde und das faule Holz in den Sümpfen. Zu beiden Seiten des Weges krallten sich junge Birken schief in die steilen Böschungen der Torfgräben. Es gibt bessere Plätze zum Leben, dachte ich. Aber die Birken schienen so eigenwillig zu sein wie ich. Ein milchiges Bodennebelfeld kam auf mich zu.

Zu Hause angekommen nahm ich eine Dusche und setzte mich anschließend mit einer Tasse Tee und Toast auf das alte rote Küchensofa, das, wie ein Großteil der Einrichtung, aus dem Besitz meiner Tante stammte.

Mein Leben entspannte sich zunehmend, seit ich hier eingezogen war. Ich war nicht mehr so oft das Pulverfass von früher – unberechenbar und impulsiv. Vielleicht lag es aber auch daran, dass kein Luntenträger mehr in meiner Nähe war. Ich lebte in meinen eigenen vier Wänden, und ich musste mich vor nichts und niemandem für meine Missstimmungen, meine Launen, mein Nichtstun oder für meine Perspektivlosigkeit rechtfertigen. Nur vor mir selbst – und damit kam ich einigermaßen zurecht.

Nach Hause zu meiner Mutter fuhr ich nicht mehr, aber ihre monatliche Unterstützung nahm ich gern an. Ich war gar nicht mal so faul, wie es schien. Ich wünschte mir schon einen Beruf. Wenn man das Wort ganz langsam aussprach, dann bekam es diesen besonderen Klang – Be-Ruf. Genau das war es, was ich mir wünschte. Ich wartete, horchte und hoffte auf irgendeinen Ruf, der mir offenbarte, welchen Weg ich einschlagen könnte.

Um halb zwölf sollte ich im Einkaufszentrum sein. Ich müsste mindestens eine Dreiviertelstunde mit dem Auto in Richtung Küste fahren und dann noch mit der Fähre über den Fluss setzen. Ich sah keinen Sinn darin, machte mich aber trotzdem auf den Weg. Ein folgenschwerer Entschluss.

Mein alter klappriger Opel sauste mit hundert über die Bundesstraße. Dass ich überhaupt ein Auto besaß, war purer Luxus.

Nach einer halben Stunde Fahrt stellte ich fest, dass sich die Gegend um mich herum kaum noch veränderte. Eine Weide, ein Graben, Hochspannungsmasten wie überdimensionale Wäscheleinen, eine Weide, ein Graben ... nichts verstellte mir die Sicht. Andere würde das vielleicht langweilen, ich aber war fasziniert. Es gab wenig, was den Blick ablenkte. Er konnte sozusagen ungehindert ins Leere gehen. Erst als ich in die grellen Augen einer LKW-Lichthupe schaute, bemerkte ich, dass ich bereits auf dem Mittelstreifen fuhr. Erschrocken zog ich das Lenkrad nach rechts und der Wagen folgte mit einem gefährlichen Schlenker. Adrenalin schwappte durch meinen Körper: so jung wollte ich nicht sterben. Mit gedrosselter Geschwindigkeit fuhr ich dem Ziel entgegen, immer geradeaus, Endstation: Wasser. Der Wind blies stark, eine dicke Wolkendecke hing am Himmel. Es war kalt für Anfang Mai.

Die Fähre wartete bereits am Anleger. Eine lange, gewaltige Hubbrücke ebnete den Weg dorthin. Die Ampel sprang auf grün, die Schranke ging hoch, und schon erstürmten die ersten Fahrgäste ungeduldig das Schiff.

Sollte ich nicht lieber auf dem Deich spazieren gehen? Die Strecke war ohnehin viel zu lang, um sie wegen eines Jobs, den ich nicht mochte, jeden Tag auf mich zu nehmen.

Trotzdem parkte ich mein Auto und lief zum Fahrkartenschalter. Die ältere Dame hinter der dicken Glaswand erkundigte sich in aller Seelenruhe, ob ich eine einfache oder eine Hin- und Rückfahrkarte kaufen wolle. Ich trat unruhig auf der Stelle und antwortete eilig, dass ich auf jeden Fall auch eine Rückfahrkarte wünschte. Sie ließ sich Zeit, die Karten aus der Kurbel zu drehen, abzureißen und schließlich meinen hingeschobenen Geldschein zu betrachten. Sie kramte in einer Schublade nach Wechselgeld und schob mir alles sehnlichst Erwartete durch die kleine Durchreiche entgegen. Die Fähre hatte bereits den Motor gestartet, doch die lange Hubbrücke war noch gefüllt mit Menschen, die allesamt eilig auf das Schiff wollten. Ich rannte los und reihte mich keuchend zwischen dahinhastende Arbeiter, aus deren abgewetzten Aktentaschen zerbeulte Thermoskannen herausschauten, sowie gestresste Mütter, an deren Händen Kinder zerrten, die unbedingt ihre Köpfe durch das mächtige Stahlgeländer stecken wollten, um zu sehen, wie lang ihre Spucke bis zur Landung im dreckigen Flusswasser brauchte. Über uns kreischten Seevögel, und auf der Autospur schlichen stinkende Kleinlaster, LKWs und Personenkraftwagen vorbei. Die breite Fähre verschluckte uns alle mühelos.

Das Fußvolk, zu dem ich gehörte, staute sich rechter Hand beim Kontrolleur. Er war ein kleiner, dicklicher Mann mit blauem Regenmantel, wettergegerbtem Gesicht und einer schmuddeligen Schiffermütze. Er warf einen flüchtigen Blick auf meine Karte, dann auf meine verfrorene Körperhaltung und empfahl mir auf Plattdeutsch das Fährcafé im Oberdeck.

Ich nahm sein Angebot dankbar an, schlug den Kragen meiner Jeansjacke hoch und stieg die verwitterte Stahltreppe hinauf. Dann schob ich die schwergängige Schiebetür auf.

Im Fährcafé war es warm und stickig. Ich setzte mich an den letzten freien Tisch am Fenster und begann, das Treiben um mich herum zu beobachten. Tassen klapperten, Stimmengemurmel und lautes Gelächter erfüllten den Raum. Berufspendler, die offensichtlich rechts des Flusses in der Hafenstadt arbeiteten und links des Flusses in den umliegenden Dörfern lebten.

Nachdenklich blickte ich durch die verschmutzte Scheibe. Das Wasser hatte die gleiche Farbe wie der Kakao, den mir die Kellnerin brachte. Wellen boten den Möwen, die sich verspielt auf der Wasseroberfläche treiben ließen, ein hektisches Auf und Ab. Auf dem vollgekoteten Fährpoller thronte ein großer Seevogel mit einem orangenen, leicht nach unten gebogenen, imponierenden Schnabel. Er besah sich das Treiben, reglos und stolz.

Draußen, in der breiten Mündung, lag ein riesiger Frachter vor Anker. Rostige Container türmten sich auf seiner Ladefläche. Der leicht verwitterte Name des Schiffes schien russisch zu sein. Die Flagge sagte mir nichts, aber damit kannte ich mich ohnehin nicht aus.

„Ist der Platz noch frei?"

Ich wandte mich gedankenverloren der Stimme zu und sah in das Gesicht einer Frau und ich sah sie eine lange Zeit an.

Auch sie sah mich unverwandt und lange an. Die Fähre begann zu brummen und der Löffel vibrierte in der Tasse.

„Ja, der ist noch frei", sagte ich und meine Stimme klang mir fremd.

Sie rutschte auf die Bank gegenüber. Eine dunkle kinnlange Haarsträhne warf einen Schatten auf ihr Profil. Ich entdeckte ein tiefes Grübchen und vermutete, dass es ihre Stimmung wohl jederzeit leicht verriet, ob sie wollte oder nicht. Sie war älter als ich, vielleicht zehn Jahre oder mehr.

Die Kellnerin erschien mit einem Tablett, stellte eine Tasse Tee auf den Tisch, kassierte und ging mit zwei Gläsern Bier und zwei Korn zu den Männern am Nebentisch.

Die Fremde beachtete weder Zucker noch Milch und trank den Tee schwarz.

„Können Sie mir sagen, wie lange die Überfahrt dauert?", fragte ich.

Ich wollte herausfinden, ob sie öfter mit dieser Fähre fuhr.

„Etwa fünfzehn Minuten."

Sie schaute von ihrer Teetasse auf und mir in die Augen.

Ich war verwirrt und das genoss ich. Diese Frau gefiel mir. Ich mochte es, mit ihr an diesem Tisch zu sitzen und gemeinsam aus dem schmutzigen Fenster zu starren. Ich spürte eine Nähe zwischen uns, die es eigentlich nicht geben konnte.

Die Fähre zog ihre schaumige Bahn durch die Wellen, ich sah dabei zu und ab und an, wenn ich einen Schluck Kakao trank, warf ich einen flüchtigen Blick auf die Frau gegenüber. Nicht selten trafen sich unsere Blicke. Ich lächelte. Die Minuten verstrichen. Ich genoss jede Sekunde, bis mir bewusst wurde, dass fünfzehn Minuten nicht lang waren. Dann würde sie aufstehen, mich vielleicht noch einmal anschauen, sich verabschieden und gehen. Dieser wunderbare Moment zwischen uns wäre vorbei. Und wahrscheinlich würde es keinen weiteren für uns geben. Vielleicht würde sie es nicht bedauern, aber ich, ich würde es ganz sicher bedauern.

Auf einmal verspürte ich eine ungewöhnliche Entschlossenheit in mir.

Ich fragte: „Arbeiten Sie in der Stadt?"

„Ja."

Sie schaute mich aufmerksam an.

Mir wurde heiß.

„Und was?"

Sie lächelte und schwieg.

„Entschuldigung."

Ich hielt mich an meiner Tasse fest.

„Nein, nein, ist schon gut. Ich arbeite in einer Wohngruppe für Kinder."

„Das ist sicherlich anstrengend, oder?"

„Es geht", sagte sie leichthin. „Es macht mir Freude."

„Fahren Sie immer mit der Fähre zur Arbeit?"

„Ja. Ich wohne hier ganz in der Nähe des Anlegers, am Deich." Sie machte eine lässige Handbewegung in die Richtung, aus der wir kamen. „Ich muss nicht jeden Tag zur Arbeit. Ich habe nur eine halbe Stelle. Mit drei Tagen in der Woche ist sie getan."

„Nicht schlecht", antwortete ich.

„Eigentlich hätte ich heute frei gehabt, aber meine Kollegin ist krank geworden und ich übernehme ihren Dienst."

Sie lächelte wieder: „Und was machen Sie?"

In Gedanken war ich noch damit beschäftigt, ihrer kranken Kollegin zu danken, als mich ihre Frage traf. Wie gern hätte ich ihr jetzt einen Beruf genannt, wenigstens irgendeinen. Ich zerknüllte den Zuckerbeutel und sah hinaus aufs Wasser. Die Fähre befand sich mittlerweile an der breitesten Stelle der Flussmündung. Man konnte weit hinaus aufs Wattenmeer schauen. In der Ferne entdeckte ich eine kleine Insel und etwas abseits dahinter noch eine weitere. Wie zwei große runde

Steine, die jemand ins seichte Wasser geworfen hatte, tauchten sie im Nebel auf.

„Was sind das für Inseln?", fragte ich überrascht.

Sie lachte auf.

„Diese einmaligen Gebilde kennt man anscheinend nur, wenn man in dieser Gegend groß geworden ist."

Sie betrachtete mich einen Moment lang amüsiert, dann verflog das Lachen und ihr Blick verlor sich in meinem Gesicht. Ich konnte nicht standhalten und schaute weg.

„Langlütjen", hörte ich sie sagen. „Wenn ich von meinem Haus aus über den Deich gehe, liegen sie direkt vor mir im Meer. Die vordere Insel kann man leicht zu Fuß erreichen. Vom Land aus über einen Damm, der früher einmal sehr schmal gewesen war. Doch im Laufe der Zeit ist er verlandet und Langlütjen inzwischen bei Ebbe schon fast zu einer Halbinsel geworden."

Ihre Stimme klang weich. Ich mochte die Art, wie sie erzählte. Sie hatte einen schönen Mund mit einem leicht traurigen Zug darum, der sich aber ganz plötzlich in ein Lächeln verwandeln konnte.

Sie schwieg nachdenklich und schob sich eine Haarsträhne hinter das Ohr.

„Die Inseln spalten die Gemüter", sagte sie auf einmal. „Es ist schwer zu beschreiben. Ein schöner Ort, voller Ruhe und Abgeschiedenheit, ein schauderhafter Ort für Menschen, denen der Anblick von verfallenen Militärruinen eher Unbehagen bereitet."

„Ruinen?", wiederholte ich leise.

„Das sind Festungsinseln. Irgendwann einmal gebaut zu Verteidigungszwecken. Genaueres weiß ich nicht. Es ist ...", sie zögerte, „... irgendwas Mysteriöses an diesen Inseln. Warum ich so wenig darüber weiß, ist mir selbst nicht ganz klar." Sie schaute mich an, als müsste ich eine Antwort parat haben. „Ich erinnere mich an Andeutungen, damals, als ich noch recht jung war. Als Jugendliche wollte ich dem mal nachgehen, doch irgendwie prallte ich nur gegen Wände von Unwissenheit oder Schweigen. Schließlich habe ich es gelassen." Sie stutzte, als wäre sie von ihren eigenen Worten nicht wirklich überzeugt. „Ich ...", sagte sie langsam und schien zu überlegen, ob sie mir Näheres erzählen sollte. Doch dann brach sie ab, schüttelte den Kopf und beendete das Thema. „Das kann Sie nicht wirklich interessieren."

Ihre Stimme klang auf einmal sehr nüchtern und distanziert.

Die Nähe war weg – verloren. Ich atmete tief durch, beinahe wütend darüber, dass der Zauber zwischen uns so plötzlich verschwunden war. Sie sah aus dem Fenster, gedankenverloren und ernst. Ich starrte sie an. Und diesmal sah ich nicht weg, als sie langsam aus ihrer Welt zurückkehrte und meinen unveränderten Blick fragend erwiderte.

Meine Güte. Diese Frau war wunderschön.

Das Schiffshorn kündigte die Einfahrt in den Hafen an. Drei oder vier Minuten blieben mir noch. Nicht viel. Ich wusste nicht, was ich mir eigentlich erhoffte, aber ich wollte sie wiedersehen. Das wenigstens wusste ich genau. Ich wurde unruhig und sah kurz aus dem Fenster. Die Kaimauer und der Anleger waren nur noch wenige Meter entfernt. Viele Menschen standen bereits vor der Absperrung und warteten auf das Schiff. Nervös fuhr ich mir durch die Haare.

„Ich kann mal für Sie nachschauen, wenn Sie wollen", hörte ich mich sagen und erzählte ihr, in welcher Stadt ich wohnte. „Ich könnte in die Landesbibliothek gehen. Ich weiß, dass es dort eine große Auswahl an regionaler Literatur gibt. Vielleicht findet sich etwas über die Inseln." Ich war plötzlich hellwach. „Ich kann es kopieren und Ihnen zuschicken. Allerdings müssten Sie mir etwas genauer sagen, wonach ich suchen soll."

Sie schwieg und schaute mich ernst an. Die Sekunden verrannen. Ein Ruck ging durch das Schiff, als es an den Anleger stieß. Meine Tasse klirrte. Erwartungsvoll schaute ich sie an.

Ich spürte, dass sie irgendeinen inneren Kampf mit sich austrug. Sie schaute mich an, sah hinaus, schaute mich wieder an.

„Das ist nett", sagte sie schließlich ohne viel Überzeugung. „Aber ich weiß nicht. Warum sollte ich das tun?"

Die Fahrrampe setzte auf und ließ das Schiff erneut vibrieren. Um uns herum kam Unruhe auf. Die Fahrt war vorbei, alles strebte zur Tür und drängte hinaus.

„Weil ich dich wiedersehen möchte", flüsterte ich in die uns umgebende Hektik hinein.

Ich wusste nicht, ob sie mich gehört hatte, doch sie lächelte. Sie kramte einen Kugelschreiber und einen Notizblock aus ihrer Tasche und schob mir beides zu.

„Name, Adresse, Telefonnummer." Sie tippte auf das Papier.

Ich nickte. Meine Ohren begannen zu glühen, als ich aufgeregt meine Daten auf den Zettel kritzelte. Sie warf einen kurzen Blick darauf, riss das Blatt ab und steckte es in die Manteltasche. Dann schrieb sie ihre eigene Adresse auf und schob sie mir zu.

„Hier, wenn du etwas Interessantes findest, schicke es mir zu, oder ...", sie griff nach ihrer Handtasche und sah mich mit einem Blick an, der die Überlegenheit und das Selbstbewusstsein jedes Jahres, das uns trennte, in sich hatte, „bringe es mir einfach vorbei."

Mir stockte der Atem. Sie stand eilig auf, wandte sich dem Ausgang zu, winkte noch einmal kurz und verschwand als Letzte aus dem Café.

Ich rührte in den Resten meines Kakaos. Ich konnte kaum glauben, was gerade passiert war. An das Vorstellungsgespräch dachte ich nicht mehr. Ich bestellte einen Tee, trank ihn schwarz und fuhr mit derselben Fähre wieder zurück.

Auf dem Rückweg hielt ich an der Landesbibliothek.

Ich war durcheinander. Immer wieder tauchte ihr Gesicht vor mir auf, ihre Worte, eingebrannt in meinen Kopf, zwischendurch der Klang ihrer Stimme. Das war besonders schön. Ich war auf dem besten Wege, mich zu verlieben. Und das in eine Frau, die wahrscheinlich zehn oder zwölf Jahre älter war. Wohin sollte das führen? Sie stand mitten im Leben. Und ich? Ich hatte gar nichts. Im Grunde ist es albern, sagte ich mir. Vielleicht würde sie mütterliche Gefühle für mich hegen oder freundschaftliche, aber auf keinen Fall mehr. Und selbst wenn, so würde ich mich neben ihr wahrscheinlich schnell minderwertig fühlen. Und doch – es war toll – einfach unglaublich, was da vor knapp zwei Stunden auf der Fähre geschehen war. So drehte ich Runde für Runde auf dem Gedankenkarussell und wenn es kurz mal stoppte, so blieb als Resultat: Ich will sie wiedersehen und zwar so schnell wie möglich. Deswegen brauchte ich schleunigst Informationen über Langlütjen.

In der Bibliothek war es ruhig. Es herrschte kaum Betrieb an diesem Nachmittag.

Die beiden Bibliothekarinnen unterhielten sich leise, aber angeregt. Als sie mich wahrnahmen, stellten sie ihr Gespräch ein und sahen mich erwartungsvoll an. Ich grüßte und ging zuerst zu den Schränkchen mit dem Schlagwortregister. Die Bibliothekarinnen setzten ihr Gespräch ein wenig leiser fort.

Ich zog den zerknitterten Zettel aus der Brusttasche meiner Jeansjacke und las, was darauf geschrieben stand. Marie, ein schöner Name. Die ganze Rückfahrt über, hatte ich immer wieder einen Blick darauf geworfen. Ich betrachtete die Linien ihrer krakeligen Handschrift und hoffte, darin einen Spiegel für ihr Inneres zu finden, der mir mehr über sie verriet. Sie hatte es auf jeden Fall sehr eilig gehabt. Die Endungen der Worte waren kaum noch Buchstaben, eher Striche. Ihren Nachnamen konnte ich nur noch erahnen. Doch die Fragestellung war eindeutig zu lesen: Langlütjen, welche Bedeutung hatten die Inseln im Zweiten Weltkrieg?

Das klang nicht allzu schwierig. Ich würde gucken ob es ein paar Bücher dazu gab, sie ausleihen, vielleicht den einen oder anderen Text kopieren und dann, was mein eigentliches Ansinnen war, ihr persönlich vorbeibringen.

Ich begann im Schlagwortverzeichnis. Es gab ein Buch über Langlütjen. Vor ein paar Tagen war es ausgeliehen worden.

Ich stutzte – doch nicht über die Tatsache, dass das Buch ausgeliehen war. Eilig notierte ich mir Autor und Titel, um das Buch auf meinen Namen vorzumerken. Was mich irritierte, war, dass ich das Wort Konzentrationslager in dem Titel gelesen hatte. Ein KZ auf Langlütjen? Mir war nicht ganz wohl dabei. Das war nicht das Thema, mit dem ich gerechnet hatte. Nun verstand ich Maries Zögern, als sie mir von den Inseln erzählte. Ich hatte an irgendeine mysteriöse Geschichte gedacht. Aber ein KZ?

Ich stand einen Moment lang da und dachte nach. Dann schloss ich das Register und verließ die Bibliothek. Ich würde Marie einfach so besuchen.

Auf halbem Weg nach draußen kehrte ich wieder um.

In der zweiten Etage konnte man Einsicht in die Mikrofilme alter Zeitungsausgaben nehmen. Das war eine Möglichkeit. Ich ließ mir von dem Mitarbeiter der Abteilung den Namen der hiesigen Tageszeitung nennen und begann den Film einzusehen. Zunächst noch interessant, wurde es schnell zu einer ermüdenden Tätigkeit. Tage, Monate, Jahre flogen über den Bildschirm und ich saß mittendrin, in einer Zeitreise. Hastig überflog ich die Schlagzeilen und arbeitete mich durch viele Jahre Regionalgeschichte.

Dann fand ich endlich einige Berichte, die eindeutig von den Inseln handelten.

Ich las und erfuhr, „dass die Inseln von Menschenhand erschaffene Festungen auf Sandbänken waren, errichtet von 1872 bis 1876, um die Hafenstadt vor feindlichen Invasionen zu schützen. Nach dem Krieg wurden die Anlagen von Metallhändlern gesprengt, um sämtliche metallische Gegenstände zu demontieren und gewinnbringend zu veräußern, wobei die mächtigen Panzertürme einiges an Dynamit erforderten, was starke Schäden an den Festungen hinterließ."

Und ich las, dass „die Inseln landschaftlich reizvolle Gebilde seien, die eine wichtige Aufgabe für den Küstenschutz darstellten", und dass „man sich Sorgen mache, wegen ihres fortschreitenden Verfalls. Auch weil unbefugte Besucher die Betreten-Verboten-Schilder leichtsinnigerweise ignorierten und abenteuerlustig in den halbgesprengten und einsturzgefährdeten Innenanlagen herumkletterten."

Ein weiterer Artikel handelte „von der einsamen verschwiegenen Welt der Wattinseln. Von Reet und Schilfrohrfeldern, von zahlreichen Vogelarten und von der reichhaltigen Vegetation, wie Holunder, Birken, Schafgarbe und vielem mehr zwischen Stein und Beton."

Von einem Konzentrationslager las ich nichts.

Am Abend saß ich verwirrt auf meinem Sofa und ließ den Tag an mir vorüberziehen. Auf der einen Seite diese wunderbare Begegnung mit Marie, in die ich mich mit zunehmender Verliebtheit hineinsteigerte, auf der anderen Seite diese Inseln mit ihrer offensichtlich dunklen Geschichte. Wieso mussten ausgerechnet sie der Grund dafür sein, dass ich das Zusammentreffen mit Marie vertiefen konnte? Ich wollte das nicht! Ich wollte diese Inseln nicht zu meinem Thema machen und doch, so wusste ich, würde ich nicht an ihnen vorbeikommen, wenn ich Marie kontaktieren wollte. Ich überlegte mein weiteres Vorgehen. Die kopierten Zeitungsartikel lagen nichtssagend auf meinen Knien. Aber es gab einen Autor, der von einem KZ auf Langlütjen berichtete.

War es das, was Marie mit ihren seltsamen Äußerungen gemeint hatte? Ein KZ auf diesen Inseln? Ich konnte mir kaum vorstellen, dass das unbekannt geblieben war. In dem Dorf wussten die alten Menschen sicherlich alle darüber Bescheid. Ich starrte gedankenverloren an die Wand. Bisher hatte ich mich nie besonders für dieses Thema interessiert. Das war

Vergangenheit, viel zu weit weg von meinem eigenen Leben. Was hatte ich damit zu tun? Doch je mehr ich versuchte, mich davon zu distanzieren, desto mehr spürte ich, dass es unmöglich war. Es war unsere Vergangenheit, insofern auch meine, ob ich wollte oder nicht. Meine Großeltern hatten diese Zeit mitgestaltet, noch gar nicht lange her und meine Mutter war mitten hineingeboren worden.

Ich wusste nicht viel über diesen schrecklichen Teil unserer Geschichte. In der Schule hatte man das nur allzu knapp behandelt. Manchmal las ich etwas über die Nazizeit und taumelte dann zwischen Fassungslosigkeit und Scham hin und her. Wie hatte das passieren können? Und weil mich diese Gefühle verwirrten, beschäftigte ich mich nicht weiter damit.

Ich wollte mich diesem Thema nicht stellen, das spürte ich in diesem Moment wieder deutlich. Ich wollte nur Marie kennenlernen.

Aber auf dieses Buch würde ich warten und Marie würde ich einfach so besuchen. Letztlich war diese Inselgeschichte ohnehin nur ein Vorwand – und mehr nicht.

Oktober 1933

„Sie haben auf uns geschossen, Johann. Wirklich!"

„Carla!", dröhnte die Stimme ihres Vaters über den Hof. „Hol für Erwin Eier aus dem Stall."

Carla war unversehens hinzugekommen, als ihr Vater mit einem benachbarten Fischer aus dem Dorf sprach. Sie kannte ihn. Er hieß Erwin Meyer und kam öfter zu Besuch. Er tauschte dann meistens ein paar Fische gegen Eier oder Milch.

Die beiden Männer standen auf dem Hof und schienen sehr aufgeregt zu sein.

Üblicherweise nahm ihr Vater mit seinen Besuchern auf der Holzbank unter der alten Kastanie Platz. Er schickte Carla dann immer ins Haus, um Schnaps und Gläser zu holen.

Doch dieses Mal war es anders.

Carla schlussfolgerte, dass etwas passiert sein musste. Etwas, dass ihren Vater den Schnaps vergessen ließ. Von Schüssen war die Rede gewesen. Sie hatte es ganz deutlich gehört.

Schnell lief sie in den Stall und suchte zwischen Stroh und Federn ein paar Eier zusammen. Sie wollte unbedingt horchen, was die Männer draußen besprachen.

In ihrer Eile trat sie beim Hinauslaufen gegen eine Henne, die auf dem schmutzigen Stallboden nach Körnern suchte. Laut kreischend stob das Federvieh zur Seite, um dem vernichtenden Menschenfuß zu entkommen.

Ein paar kleine Federn hefteten sich an Carlas grobe Strumpfhose. Vorsichtig, um nicht bemerkt zu werden, schaute sie um die Ecke des Stallgebäudes.

Die beiden Männer hatten sich nun doch auf die Bank unter der Kastanie gesetzt.

Carla lehnte sich an die von der Sonne gewärmte Stallwand. Von hier aus konnte sie verstehen, was gesprochen wurde.

Sie hörte die tiefe Stimme ihres Vaters, die wütend klang.

Carla hielt die Luft an. Allzu oft hatte sie diese Wut schon zu spüren bekommen. Doch diesmal galt sie jemand anderem.

„Diese verdammten Kerle! Auf ehrliche treu schaffende Bürger zu schießen. Haben die nichts Besseres zu tun? Wo soll das Ganze bloß hinführen?"

„Sie haben einfach und ohne Vorwarnung auf uns geschossen. Den Willi hat es fast am Kopf erwischt. Du weißt, dass wir da seit Jahren fischen und nun besetzen sie die Insel und üben dort irgendwelche dunklen Machenschaften aus. Die schießen auf alles, was ihnen zu nahe kommt." Erwin musste eine Pause machen, um Luft zu holen, so sehr erregten ihn seine eigenen Worte. Etwas ruhiger fuhr er fort: „Mitten im Wasser stand einsam und verlassen ein Pfahl mit einem Schild. ‚Achtung Sperrgebiet!'. Das ist uns beim Rausfahren mit dem Ebbstrom nicht aufgefallen. Als wir aber vor den Schüssen flüchteten und zurückruderten, haben wir es mit dem Ruder gestreift. Doch das ist noch längst nicht alles."

„Was hast du noch zu erzählen, Erwin?"

„Auf der Insel sind Häftlinge! Sie werden dort geschlagen. Es ist grauenvoll. Ich habe mich schlaugemacht. Die Gefangenen sind politische Häftlinge, Männer, deren Parteien nun verboten sind. Ihr müsst doch auch etwas davon bemerkt haben. Euer Hof ist den Inseln so nahe, Johann!" Erwin sah Carlas Vater eindringlich an. „Habt ihr denn gar nichts davon wahrgenommen?"

„Nein!", sagte Johann entschieden und der Ton seiner Stimme ließ keinen Zweifel zu. „Wir kriegen hier nichts mit. Ich habe auch nichts davon gehört, dass dort Leute festgehalten werden. Das kann ich mir nicht vorstellen, Erwin. Auf den Inseln gibt es dafür keine Möglichkeiten."

Carla lauschte fassungslos den Worten ihres Vaters. Wie konnte er behaupten, dass er nichts davon wusste? Seit Wochen munkelte man im Dorf darüber, dass auf den Inseln seltsame Dinge vor sich gingen.

Und sie selbst hatte es gehört! Sie hatte die Schüsse gehört! Carla dachte an den Abend am Deich.

Ihr Vater wusste davon. Da war sie sich ganz sicher.

„Johann." Erwins Stimme klang beschwörend. „Willst du denn nicht verstehen? Die Nazis halten dort politische Häftlinge fest, ganz in eurer Nähe. Und sie schlagen sie. Schlagen sie vielleicht sogar tot. Wer weiß, was als nächstes passiert?"

„Sei still! Ich will nichts davon hören!"

Carla erschrak über den barschen Tonfall ihres Vaters. Sie hörte, wie er von der Bank aufstand und dabei mit den Schuhen über den Schotter schlurfte.

Weshalb er sich derart dagegen verwehrte, verstand sie nicht.

„Ich gebe dir einen Rat, Erwin. Sei vorsichtig mit dem, was du da im Dorf herumerzählst. Es ist besser zu schweigen, glaube mir." Dann wandte er sich abrupt um und rief: „Carla! Wo bleibst du mit den Eiern?"

Carla trat aus ihrem Versteck hervor und versuchte den Eindruck zu erwecken, dass sie geradewegs aus der Scheune kam.

„Ich habe nur noch schnell ein wenig Stroh verteilt", log sie leise.

Sie wagte weder ihren Vater noch seinen Besucher anzuschauen. Sie legte Erwin drei Eier in die Hand und ging fort.

Mai 1989

Vier Tage später fuhr ich dann tatsächlich wieder denselben Weg zur Küste.

Drei Tage hatte ich es ausgehalten, war im Haus herumgetigert, hatte im Garten etliche Stämme in zwei Teile gespalten, anstatt ihnen bedachtsam eine Form zu geben, hatte dabei gedacht, dass ja auch diese Sache zwei Seiten besaß und schließlich zum Telefon gegriffen. Ein kurzes Gespräch, ohne Umschweife. Ich musste grinsen, als ich daran dachte. Marie hatte den Eindruck gemacht, als würde sie sich wirklich freuen. Ich hatte gefragt, ob sie sich an mich erinnern könne und sie hatte „selbstverständlich" geantwortet. Ich wolle sie besuchen, war mein nächster Satz, der so unmittelbar von meinen Lippen kam, dass er mich selbst erschreckte. Doch sie lachte nur und entgegnete, ich solle Samstag um drei Uhr kommen. Dann legten wir auf. So leicht war das gewesen. Am Telefon war sie mir schon sehr vertraut vorgekommen. Ich hätte mich gern noch länger mit ihr unterhalten. Doch mir war kein Thema eingefallen und Marie offensichtlich auch nicht. Obwohl ich mich hinterher für meine Wortknappheit verfluchte, so musste ich doch feststellen: Es gab eine erste Gemeinsamkeit.

Die Bundesstraße war leer. Viel zu früh würde ich ankommen und ging vom Gas. Die Hochspannungsleitungen auf den endlos scheinenden Wiesen vermehrten sich. Dicht an dicht standen sie plötzlich, wie eine Armee von Riesen mit ausgestreckten Armen.

Ich erkannte die Ursache. Wie ein riesiger weißer Champignon ragte das Kernkraftwerk rechterhand aus dem Boden.

Das kleine Städtchen an der Küste war nicht sonderlich belebt.

Ich hatte noch eine Stunde Zeit bis zu meiner Verabredung und schwankte zwischen einem Spaziergang am Flussstrand und dem Städtischen Museum, an dem ich soeben vorbeifuhr. Kurz entschlossen trat ich auf die Bremse und parkte mein Auto im Halteverbot. Es würde bestimmt nicht lang dauern.

Das kleine Museum enthielt eine kulturhistorische Sammlung zur Stadtgeschichte. Ich war ziemlich schnell durch. Über die Inseln gab es hier nichts. Anscheinend wurde ihnen keine große geschichtliche Bedeutung beigemessen.

Ich wollte gerade wieder gehen, da kam mir in den Sinn, die Museumsaufsicht anzusprechen. Es waren keine weiteren Besucher da und die Dame schien erfreut über das Interesse eines jungen Menschen an der Heimatgeschichte.

Ich wollte sie nicht mit einer direkten Frage überfallen, sondern zunächst ein lockeres Gespräch in Gang bringen und erkundigte mich nach den Sehenswürdigkeiten im ländlichen Umfeld.

Sie hielt mir einen ausführlichen Vortrag über den altertümlichen Deichverlauf, Mühlen, in denen noch heute frisches Brot gebacken wurde, und uralte Dorfkirchen, die vom Baustil her sehr interessant seien.

Ich begann mich zu langweilen und wurde konkreter.

„Was ist mit den Inseln Langlütjen?“

Ich bemerkte sofort, dass meine Stimme ein wenig zu schroff klang.

Erschrocken sah sie mich über den Rand ihrer Brillengläser an.

Ich lächelte freundlich.

Sie zögerte. Dann nahm sie das Gespräch wieder auf.

„Was könnte Sie da interessieren?“, fragte sie langsam und nachdenklich. Doch ihre Stimme war nicht mehr dieselbe. Sie hatte an Freundlichkeit eingebüßt, als sie weitersprach: „Die Inseln dürfen nicht betreten werden, das ist lebensgefährlich und deshalb strengstens untersagt. Man kommt zur hinteren Insel ohnehin nur mit einem Boot oder übers Watt. Aber da muss man sich schon sehr gut auskennen. Zur Vorderen hingegen kann man einen Spaziergang machen, über einen Damm vom Deich aus. Doch wie gesagt, das Betreten ist verboten und deswegen kann ich Ihnen das auch nicht empfehlen."

„Und was ist so gefährlich an diesen Inseln?"

Sie begann, beiläufig einige Stapel mit Touristikinformationsblättern auf dem Tresen zu sortieren. Die Stapel lagen bereits so ordentlich und sortiert, dass eine Steigerung nicht mehr möglich war.

„Nichts Besonderes. Nur ein paar baufällige Ruinen aus Kriegszeiten."

Sie lächelte mich noch einmal freundlich an, dann schaute sie weg und begann hingebungsvoll die einzelnen Stapel durchzuzählen.

Ich verließ das Museum und stieg ins Auto. Das war Zeitverschwendung gewesen.

Ich fuhr stadtauswärts, in der einen Hand die Wegbeschreibung, in der anderen das Steuer.

An einer roten Ampel betrachtete ich mich kurz im Rückspiegel. Ich hatte mir schon Mühe gegeben, heute Morgen. Viel Mühe. Aber ich hoffte, Marie würde das nicht bemerken. Nichts war unattraktiver, als wenn sogleich bemerkt wurde, wie sehr man an seinem Erscheinungsbild gearbeitet hatte. Ich fand, man musste ganz lässig und nebenbei attraktiv rüberkommen. Eben so, als wüsste man gar nicht, dass man gut aussah.

Kurz vor der Küste bog ich in eine schmale Straße, die den Deich entlangführte. Die paar Häuser und Höfe, die hier standen, lagen weit auseinander. Hausnummern fehlten zumeist oder waren so versteckt angebracht, dass ich sie kaum entdecken konnte. Eine logische Nummernfolge erkannte ich ebenfalls nicht. Willkürlich schienen sie den Höfen irgendwann einmal zugeteilt worden zu sein. Hier wusste anscheinend noch jeder, wer wo lebte, dachte ich mürrisch. Ich wusste es nicht. An jedem Haus bremste ich hart ab, reckte meinen Hals hinter der Windschutzscheibe um die Hausnummer zu erspähen und brauste weiter. Zwischen den Grundstücken lagen riesige Weiden mit Hundertschaften schwarz-weißer Kühe, die man gerade erst, nach einem langen miefigen Winter, hinaus in die Freiheit entlassen hatte.

Mir kam ein Trecker entgegen. Die Straße war eindeutig zu schmal für uns zwei. Mir stellte sich nicht die Frage, wer zu weichen hatte. Ich fuhr scharf rechts auf den Grünstreifen und hielt in bedrohlicher Schieflage an der steilen Grabenböschung. Instinktiv lehnte ich mich nach links. Der Trecker knatterte mit unverminderter Geschwindigkeit an mir vorbei. Ein kleines Handzeichen des Fahrers gab mir zu verstehen, dass ich alles richtig gemacht hatte.

Ich gab Gas. Mit durchdrehenden Reifen kam ich auf die Straße zurück und setzte meine Suche fort.

Endlich gab mir ein altes, schiefes Bauernhaus das Gefühl, am Ziel zu sein. Es lag auf einer kleinen Wurt und war in seinem Ursprung bestimmt schon mehrere hundert Jahre alt. Nummer zweiundsechzig stand dort deutlich mit blauer Farbe auf einen Findling gemalt. Hier lebte Marie. Lebte sie allein? War sie verheiratet? Hatte sie Kinder? Diese Fragen kamen mir erst jetzt, als ich das Häuschen sah. Mir wurde bange. Was tat ich hier, bei dieser völlig fremden Frau? Wer würde mir gleich die Tür öffnen? Ihr Ehemann? Oder die Tochter?

Ich parkte mein Auto vor dem Scheunentor. Dann nahm ich nervös die Kopien vom Beifahrersitz. Sie waren wirklich nichtssagend. Wieso hatte ich sie eigentlich mitgenommen? Aber was hätte ich stattdessen mitnehmen sollen? Schokolade? Wein? Blumen? Das hätte mir schon zu sehr nach einem Rendezvous ausgesehen und ob das wirklich ein Rendezvous war, wusste ich nicht.

Noch bevor ich den Klingelknopf drücken konnte, öffnete sich die Haustür und ich erschrak.

„Was wollen Sie hier?“

Er war vielleicht so Mitte Sechzig oder älter. Um seinen Mund lag ein strenger Zug und Besucher schien er gar nicht zu mögen. Er gab mir sofort das Gefühl, dass ich mit dem Betreten seines Grundstücks alles falsch gemacht hatte.

Ich war unsicher, meine Sprache ließ mich im Stich. Wie sollte ich mich vorstellen? Und wer war er?

„Guten Tag", hörte ich mich mit fremder Stimme sagen und nannte meinen Namen. „Ich bin mit Marie verabredet. Die wohnt doch hier, oder?"

Hilfesuchend sah ich an ihm vorbei ins Haus.

Er wich keinen Zentimeter zur Seite. Stattdessen betrachtete er mich nur abschätzig von oben bis unten.

„Bin ich hier richtig?", hakte ich nach.

Endlich erklangen Schritte im Haus. Jemand kam eilig die Treppe hinuntergelaufen – Marie!

„Ich habe dir doch gesagt, dass ich Besuch erwarte. Geh wieder in den Garten, Papa."

Marie sprach in einem Slang, der mir neu, aber sehr sympathisch war.

Sie lachte mich strahlend an und schob ihren Vater beiseite, um mich hereinzulassen.

Er brummte noch etwas vor sich hin und verschwand dann durch die Flügeltür am Ende der Diele, die in einen düsteren Wohnbereich führte.

Ich war erleichtert. Dieser griesgrämige Mensch war nur ihr Vater.

Ich trat schüchtern ins Haus. Marie stand nun ganz dicht neben mir und schloss leise die Tür.

Ich bewegte mich nicht, so sehr gefiel mir dieser Augenblick.

Dann drehte sie sich plötzlich um und wir standen uns in dieser dunklen Diele gegenüber. Ich sah in ihre Augen und dachte, mehr als solch einen Moment braucht man nicht.

„Komm mit!", unterbrach sie das Schweigen. „Ich wohne oben."

Ich nickte und wollte ihr in Richtung Treppe folgen, dann zögerte Marie einen Augenblick.

„Ich muss meinem Vater noch etwas sagen."

„Gut."

Gemeinsam gingen wir durch die Flügeltür in den unteren Wohnbereich. Ich blieb stehen und sah, wie Marie in einem der Zimmer verschwand. Dann ließ ich meinen Blick umherschweifen.

In den letzten hundert Jahren schien sich hier wenig an der Inneneinrichtung verändert zu haben. Jedenfalls erinnerte mich das Ganze ziemlich genau an die naturgetreue Nachstellung des Bauernzimmers von 1920, das ich noch vor einer knappen Stunde in dem kleinen Museum besichtigt hatte. Die Schränke und Truhen auf dem Flur waren schwer, alt und dunkel. Ich sah eine große Wohnküche, die mir ebenfalls recht düster schien. Allerlei Haushaltsgeräte hingen an Haken unter einem Regal. Eine Eckbank war dort und ein Esstisch, auf dem noch ein benutzter Teller stand.

Doch gegenüber der Küche entdeckte ich ein Zimmer, das, anders als der Rest des Hauses, hell und sonnendurchflutet war. Es hatte ein großes Fenster zum Garten. Die Gardinen waren beiseitegeschoben. Vor dem Fenster standen ein kleines Tischchen und daneben ein Rollstuhl. Und in diesem Rollstuhl saß eine uralte, winzige Frau. Sie saß ganz still und starrte nach draußen.

Marie kam zurück.

„Das war es schon."

Schnell wandte ich meinen Blick von der alten Frau ab.

Marie bemerkte es und lächelte.

„Das ist meine Großmutter. Sie sitzt gern dort am Fenster und schaut hinaus. Für den Rest des Tages wird sich mein Vater um sie kümmern."

Und dann fügte sie noch hinzu: „ Schön, dass du da bist."

Ich folgte Marie die steile Treppe hinauf ins Dachgeschoss.

Ihre Wohnung bestand aus einem riesigen hellen Raum mit zerfurchten alten Holzdielen und dunklem Gebälk. Große Sprossenfenster ließen Licht von zwei Seiten hinein. Es gab eine Kochecke, eine Essecke mit Sofa, einen Fernseher, einen Schreibtisch, auf dem alles mögliche herumlag, ein großes Bücherregal und ein Bett, auf dem ich meinen Blick nicht allzu lange ruhen ließ.

„Es ist wirklich sehr schön hier“, sagte ich.

„Danke. Mittlerweile gefällt es mir hier oben auf dem alten Dachboden auch. Als Kind habe ich hier gespielt. Verstecken und so, mit meinen Cousinen. Setz dich doch.“

Ein wenig steif nahm ich auf dem blauen Sofa in der Essecke Platz. Der Tisch war schon gedeckt.

„Ich glaube“, entfuhr es mir, „ich habe noch nie jemanden kennengelernt, der noch so lebt, im Elternhaus mit mehreren Generationen.“

Ich merkte sofort, dass das nicht der beste Eröffnungsatz für ein inniges Gespräch war.

Marie sah mich überrascht an.

„Tja“, sagte sie knapp, „unsere Spezies ist zwar sehr selten geworden, aber solche Menschen wie mich gibt es noch hier und da.“

Sie goss schweigend Tee in die Tassen, ich hätte mir die Zunge abbeißen mögen. Doch als sie weitersprach, lächelte sie glücklicherweise schon wieder.

„Ich muss zugeben, dass ich nicht ausschließlich hier gelebt habe.“

Sie setzte sich zu mir auf das Sofa, lässig im Schneidersitz, den Rücken an die Armlehne gelehnt und ihr schönes Gesicht mir zugewandt. Ihre Füße berührten mich fast. Sie trug rote Wollsocken, eine helle Jeans und ein weißes Shirt.

„Entschuldige“, sagte ich, „ich wollte dich nicht beleidigen. Aber ich finde es schon außergewöhnlich, wie du lebst. Ich kenne nur Menschen in deinem Alter, die nach Eigentumswohnung in der Stadt, nach einem Reihenendhaus oder Ähnlichem streben. Aber du wohnst hier mitten auf dem Land, in einem alten Bauernhaus zusammen mit deiner Familie, soweit ich das überblicken konnte."

Marie trank einen Schluck und sah mich über den Rand ihrer Tasse hinweg an.

„Möchtest du eigentlich Tee? Oder lieber etwas anderes? Vielleicht einen Kakao, wie auf der Fähre?"

Sie grinste.

Ich biss mir auf die Zunge und seufzte. Kakao klang verdammt jung. Ihre Revanche für meine Äußerung.

„Vor zwei Jahren bin ich hierher zurückgekommen", sagte sie unvermittelt und ihre Stimme klang ernst. „Ich musste zurückkommen. Obwohl ich die Vorstellung damals wirklich gehasst habe. Ich wollte niemals wieder in diesem Dorf leben, aber manchmal kommt es eben anders. Meine Mutter wurde schwer krank. Ein paar Monate später starb sie."

Marie holte tief Luft. Ihre Stimme war belegt, als sie weitersprach.

„Ich bin dann hiergeblieben. Ich konnte meine Großmutter nicht mit meinem Vater allein lassen. Er hätte sie in ein Altersheim gebracht und das hätte meine Mutter nie gewollt. Sie hing sehr an ihrer Mutter. Es war immer ihr Wunsch, dass meine Großmutter, die auf diesem Hof geboren wurde und immer hier gelebt hat, hier auch sterben darf."

Marie stellte ihre Tasse klirrend auf den Tisch. Aus ihrem Grübchen war eine tiefe Linie geworden.

Einen Moment lang herrschte Stille zwischen uns. Dann sah sie mich an.

„Du bist noch sehr jung. Das ist alles, was ich von dir weiß. Wie lebst du? Was machst du? Erzähl mir etwas von dir."

Ich zögerte und betrachtete peinlich berührt meine Hände. Jetzt war es eigentlich auch egal. Innerlich hatte ich mich seit Tagen auf diesen Moment vorbereitet. Mit knappen Worten schilderte ich ihr meine Lebenssituation.

„Ich bin in gewisser Weise noch immer auf der Suche nach dem, was ich wirklich einmal tun möchte. Was mein eigentlicher Job hier ist“, versuchte ich eine Rechtfertigung für mein misslungenes Dasein hervorzubringen.

Marie nickte nur. Dann sah sie mich lange an und ihre Augen hatten ein seltsames Strahlen, das tief in mich drang und mich wortlos machte.

„Aber jetzt bist du hier“, sagte sie leise.

„Ja ..., jetzt bin ich hier.“

Marie sah mich noch immer an. Nicht mehr ganz so strahlend – ernster.

Und ich sah sie an. Mehr geschah nicht.

Doch hätte ich ein Streichholz zwischen uns gehalten, es hätte sich in diesem Moment von selbst entzündet.

Ihre Augen wanderten über mein Gesicht.

Wir sahen uns schweigend an – eine lange Zeit.

Manchmal kommt es vor, dass zwei Menschen das Glück haben, sich einfach zu finden. Dass dem gar nichts im Wege steht. Dass der Weg zueinander schnurgerade ist, ohne Kurven, Umwege oder Hindernisse. Sie können einfach aufeinandertreffen und die Begegnung zulassen. Dieses Glück hatten wir und wir wussten es.

„Ich will noch viel mehr über dich herausfinden“, sagte Marie leise.

Für Sekunden oder Minuten, ich weiß es nicht genau, war es so still wie in einer Nacht im Schnee. Bis ein Zweig unter der Spannung nachgibt und seine weiße Ladung zu Boden rauscht.

In dieser Nacht, die schon so früh am Nachmittag begann, war ich der Zweig.

„Ich möchte dich berühren“, sagte ich nur.

Sie sah mich an und ihr Atem ging heftiger.

Ich fasste nach ihren Händen und hielt sie fest. Sie waren warm. Das war die erste Berührung zwischen uns und so schön, dass es mir fast gereicht hätte.

Mein Körper begann zu glühen. Ich spürte, wie die Hitze durch meine Hände raste, hinüber in ihre.

Ihre Finger drückten mich etwas fester.

Ich strich über ihre Gelenke, an ihren Armen entlang, bis hinauf zu ihren Schultern. Mein Gesicht war ganz nah an ihrem. Eine Haarsträhne berührte mich. Ich atmete tief ein. Ich mochte Maries Geruch.

Sekundenlang blieben wir so. Und dann spürte ich ihre Hände in meinem Nacken.

Sie zog mich zu sich heran.

Alles verschwand. Ich wusste nicht mehr, wo ich aufhörte und wo sie begann. Ich atmete nicht mehr. Ich schloss die Augen. In meinem Kopf brauste ein Sturm. Meine Hände ertasteten ihren Körper, der mir so fremd war. Ihre Haut wurde feucht. Mir wurde schwindelig. Ich spürte Maries Kraft. Wie eine Ertrinkende hielt sie sich an mir fest. Und ich spürte, wie ich selbst mit ihr unterging, wieder auftauchte und nach Luft rang.

Irgendwann war der Tee kalt und das Zimmer dunkel. In meinem Arm lag eine Frau, die ich nicht kannte und die nun mit ihrem Finger langsam über meinen Hals strich. Ich wollte an keinem anderen Ort dieser Welt sein. Es brauchte für mich kein Nachher und kein Morgen mehr zu geben. Ich wünschte mir, dass es immer nur diesen Moment gäbe und die Zeit in einer Warteschleife lief.

„Du bist schön“, sagte sie leise in meine Gedanken hinein.

„Du auch, so sehr. Du bist ...“, ich zögerte, „ich kann dir gar nicht sagen, was mit mir passiert, wenn ich dich ansehe. Ich bin glücklich und frage mich, wie das alles hier so schnell passieren konnte.“

Ich küsste ihren Hals an einer Stelle, wo ich in den letzten Stunden sehr oft gewesen war.

Marie atmete aus.

„Es ist passiert, weil wir es gewollt haben. Du und ich.“

„Ich wünsche mir, dass es wieder passiert“, sagte ich leise und hatte auf einmal Angst vor ihrer Antwort.

Sie sah mich an, mit ernstem Blick.

„Das ist mutig von dir, mir das zu sagen.“

Ich nickte und küsste sie.

Es war Nacht, als ich an ihrer Haustür stand und unser Abschied zu einer neuen Herausforderung wurde. Nach all der Wärme und Nähe der letzten Stunden, wollten wir beide nicht allein sein.

Doch wir hielten es für besser.

Wind war aufgekommen. Er fegte über den Deich und pustete Marie einige Haarsträhnen ins Gesicht.

„Es ist Flut“, sagte sie fröstelnd. „Wann sehen wir uns wieder?“

Ich stand auf der Türschwelle. Eine Böe fuhr mir in die Jacke.

„So bald es geht.“

Ich wollte bleiben. Und sie wollte auch, dass ich blieb.

Und trotzdem ging ich.

Oktober 1933

Ein Bauer aus dem Umland setzte sich nach der Verrichtung seiner vormittäglichen Arbeiten auf die Bank vor seiner kleinen Kate.

Zufrieden zündete er sich ein Pfeifchen an und blies den blauen Dunst ein paar frechen Fliegen entgegen. Dann schlug er die Zeitung auf.

„Errichtung eines Konzentrationslagers

Die Geheime Staatspolizei teilt mit:

Ein Lager zur Unterbringung derjenigen Personen, die wegen ihrer politischen Tätigkeiten und ihrer Einstellungen gegen den nationalen Staat als besonders gefährlich einzustufen sind, wurde außerhalb der Stadt in einem Militärstützpunkt eingerichtet. Alle Personen, die wegen Fortsetzung staatsfeindlicher Propaganda in Schutzhaft genommen werden, sollen in Zukunft in diesem Lager untergebracht werden. Dort haben sie, von der Außenwelt völlig abgeschlossen, auf lange Zeit Gelegenheit, über ihre verbrecherische Tätigkeit nachzudenken."

Der Bauer legte die Zeitung beiseite. Die Pfeife war ausgegangen. Er stand auf und ging langsam über seine Weide bis zum Ufer des Flusses, der an sein Land grenzte. Dort stand er eine Weile und sah nachdenklich dabei zu, wie das Wasser stromabwärts floss. Nicht weit von hier, das wusste er, lag ein großer Kahn vor Anker, abgesperrt und mit hohem Stacheldrahtzaun versehen. Seit einiger Zeit wurden dort politische Häftlinge festgehalten und zu Erdarbeiten herangezogen. ‚Politische Häftlinge' wurde gesagt, doch es waren Nachbarn, Bekannte, die man zu Erntedank traf und grüßte. Nun eingesperrt, ganz plötzlich, über Nacht. Und Nachbarn waren es, die ihre Augen auf einmal überall hatten und mit heißem Eifer Andersdenkende ausspähten. Nichts war mehr wie es war und ein voreiliges Wort brachte Gefahr. Nur Gedanken blieben noch ohne Folgen. Der Bauer behielt die seinen für sich – und seine Angst.

Mai 1989

„Autsch!"

Ich hatte mir in den Finger geschnitten. Das war nicht mein erstes Missgeschick an diesem Tag.

Ich saß auf einem alten, harten Stuhl unter dem Dach meiner Terrasse und schnitzte an einem Frauenkörper. Dabei dachte ich an Marie.

Vorgestern hatte ich noch versucht, aus dem dicken Stamm in meinem Garten einen Baum zu bildhauern. Der Baum im Baum. Die Idee fand ich lustig. Doch daran konnte ich nun nicht mehr weiterarbeiten. Ich wollte eine weiche, schöne Form. Einen Frauenkörper eben.

Der Schnitt war nicht sehr tief. Ich wischte mir das Blut an meiner Jeanshose ab und schnitzte weiter am Busen.

Es war ein warmer Tag. Die Maisonne schien mir grell ins Gesicht. Vielleicht erschien sie mir auch nur so grell, weil ich übermüdet war. Ich hatte die kurze Nacht über wach gelegen und war in den frühen Morgenstunden bereits an meinem Marktstand gewesen. Doch an Schlaf war auch jetzt nicht zu denken.

Ich legte mein Schnitzmesser beiseite und schaute auf den kleinen verwitterten Holztisch neben mir.

Außer einem Becher schwarzen Tee, den ich neuerdings immer trank, stand dort nur noch das Telefon.

Es blieb still. Ein toter Gegenstand.

Wann wird sie sich melden? Oder wird sie sich gar nicht melden? War die Sache mit diesem einen Mal für sie erledigt?

Du bist noch sehr jung, hatte sie gesagt.

Ich nahm das Telefon und wählte ihre Nummer.

„Ja!" Das war nicht ihre Stimme, das war die Stimme ihres Vaters.

„Ich möchte Marie sprechen. Ist sie da?"

„Nein."

„Dann melde ich mich später noch einmal."

Damit legte ich wieder auf. Ich nahm meine unfertige Holzfrau sowie meine Gedanken wieder auf. Der Busen erschien mir immer noch zu groß. Vorsichtig fuhr ich mit der Klinge darüber.

Ich war verliebt. Obwohl ich schon so einige intensive Kontakte in meinem jungen Leben gehabt hatte, so wusste ich doch, dass ich zum allerersten Mal wirklich verliebt war und trotz aller Unsicherheiten glaubte ich, dass auch Marie es war.

Wie konnte es mit uns weitergehen? Konnte es mit uns überhaupt weitergehen? Durfte ich schon an das Wort Beziehung denken? Oder war das völlig absurd und Marie würde alles weit von sich weisen, wenn sie um meine Gedanken wüsste? Ich war in der weitaus schlechteren Position, das wurde mir deutlich bewusst. Ich war erst einundzwanzig, doch konnte ich mir durchaus mehr mit Marie vorstellen. Aber sie? Was sollte sie mit mir anfangen? Wie würden sich unsere Leben miteinander verbinden lassen?

Je mehr Gedanken ich mir machte, desto schwieriger fand ich die Situation. Selbst wenn Marie etwas Längerfristiges mit mir eingehen wollte, welche Erwartungen würde sie dann an mich stellen? Erwartungen! Mir wurde ganz bange. Vielleicht würde sie auch gar nichts von mir erwarten, beruhigte ich mich. Vielleicht würde sie mich einfach so nehmen, wie ich war.

Vielleicht am Anfang – aber dann?

Ich spürte Angst in mir aufkommen.

Wieso war es immer die Liebe, die dem Leben eine so intensive Bedeutung gab und nach der alle Menschen, vielleicht auch unbewusst, ständig suchten, um ein wenig glücklich zu sein? Am Ende war es auch immer die Liebe, die das Leben so unendlich tragisch machte, die uns in die allertiefste Traurigkeit stürzte. Einer von beiden ging doch immer zuerst. Ich verstand das nicht. Entschied man sich für die Liebe, entschied man sich auch immer gleichzeitig für den Schmerz. Das gab es nie einzeln. Immer nur zusammen.

Ich unterbrach meine Handarbeit und sah in die Ferne. Die kühle Luft umstrich mein Gesicht, die Sonne erwärmte es wieder.

Das Telefon klingelte. Es war Marie.

„Du hast angerufen?“

Sie sprach ganz leise. Es fühlte sich an, als würde sie mich berühren.

„Ja. Ich hatte ..., ich wollte ... Was tust du gerade?“

„Ich denke an dich.“

„Ich auch, ... an dich.“

„Ich war mit meiner Großmutter draußen. Ich brauchte unbedingt frische Luft.“

Ich hörte Marie leise lachen. Mir wurde ganz warm. Dann schloss ich die Augen und liebte dieses Telefon dafür, dass es mir ihre Stimme herübertrug.

„Warum bist du nicht hier?“, fragte sie seufzend.

„Willst du das? Ich brauche nur eine Stunde.“

Marie lachte.

„Ist vielleicht doch ein wenig übereilt. Das sage ich jetzt nur aus Vernunftsgründen“, fügte sie noch hinzu. „Ich muss morgen sehr früh zur Arbeit.“

Nun seufzte ich.

„Warum ist das nur so? Man begegnet jemandem, weiß schon nach einer halben Stunde, dass man die große Liebe getroffen hat und dann wird einem die elende Geduld plötzlich zum größten Feind. Ständig fordert sie einen auf, es langsam anzugehen, nicht gleich anzurufen, sich ein paar Tage zwischendurch nicht zu sehen, um sich klar zu werden und so weiter. Sag mir, wie soll man das aushalten?“

„Ich bin deine große Liebe?“ Maries Stimme klang prüfend, geschmeichelt und doch auch beunruhigt. „Wie kannst du dir da so schnell sicher sein?“

„Du bist doch auch sehr schnell“, verteidigte ich mich. „Diesen Eindruck hatte ich gestern jedenfalls.“

„Na gut.“ Marie seufzte und lachte leise. „Aber das mit der großen Liebe, das lass mal besser sein.“

„In Ordnung.“

Dann war Schweigen.

„Bin ich dir zu jung?“

Nun war es raus.

„Ja.“

„Gut.“

Wieder Schweigen.

„Ich möchte dich aber trotzdem wiedersehen“, sagte Marie.

Ich atmete erleichtert aus.

„Wann?“

„Vielleicht übermorgen?“

„Sehr gern“, sagte ich.

„Schön, ich freue mich.“

„Marie?“ Ich wollte ihr eigentlich noch etwas sagen, etwas über die Inseln, aber das passte jetzt nicht. „Wann soll ich kommen?“

„Ich arbeite bis mittags. Komm doch so um vier vorbei. Wir können dann ein wenig spazieren gehen.“

Zum ersten Mal seit Jahren würde ich gleich den Deich überqueren. Ich erinnerte mich an meine Kindheit. Wir hatten in den Ferien häufig Ausflüge an die Küste gemacht. Der aufregendste Moment war für mich immer, wenn ich in froher Erwartung über den grünen, von Schafskötteln übersäten Wall gestiegen war, um zu entdecken, was sich dahinter verbarg.

Ich hatte es riechen können, ich hatte es erahnt, den zunehmenden Wind gespürt, nur sehen konnte ich es noch nicht. Dann war ich stets eilig hinaufgestiegen und jeder Schritt hatte mich mit ein wenig mehr Sicht belohnt und als ich endlich oben gewesen war und freien Blick hatte – ja – dann kam stets die große Enttäuschung. Nichts! Nur dunkles Watt. Nie war es da gewesen, das Meer, wenn ich es besuchen kam. Nie! Und dafür bauten die Menschen aus Angst vor Vernichtung seit Jahrhunderten Deiche? Weil es so stark, so mächtig und unberechenbar war? Dafür, dass es alle paar Stunden mal für einen kurzen Moment vorbeischaute, um sich sogleich wieder eilig zu verziehen? Ich hatte das als Kind nur schwer verstanden. Ich hatte es sogar persönlich genommen.

Nun war es wieder so weit. Ich spürte eine leichte Erwartungshaltung in mir aufkommen. Ich dachte an meine früheren Enttäuschungen und versuchte meine Vorfreude so gering wie möglich zu halten. Aber vielleicht würde es diesmal ...? Meine Schritte wurden schneller.

Vor mir schob Marie ihre Großmutter im Rollstuhl.

Schon hatte ich sie überholt.

Die schmale asphaltierte Straße führte uns schräg den Deich hinauf. Nur noch wenige Meter. Nun war ich oben. Tief atmete ich die feuchte Luft ein und mein Blick fiel auf weite grüne Salzwiesen, auf eine Schar von Seevögeln, Schilf und Watt. Es war wunderschön, aber das Meer war nicht zu sehen.

„Es ist immer das Gleiche. Nie ist es da“, beklagte ich mich.

Marie lächelte.

„Ich werde dir mal einen Gezeitenkalender schenken. Weißt du, das Meer ist wie eine eigenwillige Frau. Du musst dich schon an ihre speziellen Besuchszeiten halten, wenn du eine Verabredung treffen willst. Das kann früh morgens sein oder spät abends, du wirst den Zeitpunkt der Begegnung nie selbst bestimmen können.“

Ich lächelte und fasste vorsichtig nach Maries Hand. Ein

Kribbeln durchfuhr meinen Körper.

Sie sah mich zärtlich an.

„Sei nicht enttäuscht. Wir können heute Abend noch mal wiederkommen, wenn du willst. Dann ist es da. Das ist sicherlich aufregend, wir beide hier am Meer. Was meinst du?"

Ich schaute verlegen zu der alten Frau im Rollstuhl. In warme Decken gehüllt starrte sie vor sich hin. Nur ab und zu gab sie ein leises Stöhnen von sich, eine Art Singsang.

Marie schmunzelte.

„Mach dir keine Gedanken. Sie bekommt nicht mehr viel mit. Sie lebt irgendwo in ihrer eigenen Welt, die nur aus Erinnerungen besteht."

Wir umarmten uns und vergaßen für einen Moment, wo wir waren. Dann machte sich Marie langsam von mir frei.

„Schau mal, dort vor uns liegt Langlütjen." Sie deutete mit ihrem ausgestreckten Arm auf die zwei verschlafen wirkenden kleinen Inseln im Watt.

Ich blinzelte gegen die Sonne und erkannte, dass die hintere Insel kaum zu erreichen war. Es sei denn, man hatte ein Boot oder war mutig genug, über das Watt zu gehen. Zur vorderen aber führte ein Damm. Das machte mich neugierig. Unwillkürlich setzte ich mich in Bewegung.

„Warte", sagte Marie, „wenn du wirklich ganz bis zur Insel willst, musst du allein weitergehen."

Sie deutete auf den Rollstuhl.

„Ich kann die Strecke mit ihr nicht schaffen. Das ist zu unwegsam. Nächstes Mal bleibt sie zu Hause und dann begleite ich dich."

„Gut." Ich fühlte mich ein wenig hin und her gerissen und doch war ich plötzlich fest entschlossen, zu sehen, was auf dieser Insel war. „Können wir uns dann später bei dir zu Hause treffen?"

„Ja, unbedingt. Ich gehe inzwischen zum Friedhof. Siehst du? Dort, wo die kleine Kirche ist." Marie zeigte auf einen spitzen Kirchturm, der vom Deich aus unschwer zu erkennen war. „Wenn du länger als eine Stunde brauchst, warte ich zu Hause auf dich.“

Ich lächelte. Wie das klang: Ich warte zu Hause auf dich. Hatte sie das absichtlich so formuliert? Es gefiel mir.

„Gut, dann bis später.“

Ich joggte los. Einen Kilometer, vielleicht auch mehr, das würde ich locker in zehn Minuten schaffen.

Mit gleichmäßigen Schritten lief ich über den unebenen Boden.

Mir wurde schnell heiß unter meiner Jeansjacke. Ich knöpfte sie auf und kalter Wind traf meinen erhitzten Körper. Das tat gut.

Ich sah mich um. Der Deich lag schon in weiter Ferne. Nur noch ein paar hundert Meter bis zur Insel.

Salzwiesen und Schilfrohrfelder hatte ich hinter mir gelassen. Nun waren es Schlickfelder, die sich links und rechts des Dammes erstreckten. Gurgelnd sammelte sich braunes Wasser in den Tälern der Watthügel. Schmale Priele beförderten den letzten Rest Wasser hinaus in die weite See.

Eine Schar Möwen begleitete mich ein Stück des Weges. Sie flogen hoch über meinem Kopf und kreischten laut ihr „Ay, ay, ay“ gegen den Wind.

Es war ein erhebendes Gefühl für mich. Selten hatte ich mich den Elementen so nah gefühlt, allein auf diesem schmalen Damm in der beginnenden Nordsee. Meine Lunge füllte sich mit kalter Seeluft und die Sonne brannte heiß in meinem Gesicht.

„Achtung! Lebensgefahr!

Betreten der Insel verboten!“

Der Damm war zu Ende. Ein schlichtes verwittertes Schild wollte die Besucher vom Betreten der Insel abhalten.

Es wirkte nicht sehr abschreckend. Ein niedriger verfallener Betonwall umgab die Festungsinsel. Ich stieg hinüber und folgte dem Trampelpfad, der die kleine Anhöhe hinaufführte. Dann hatte ich einen freien Blick über das verwilderte Gebiet des Festungsinneren.

Es war einzigartig. Nicht richtig schön, aber faszinierend. Ich hatte so etwas noch nie gesehen.

Es war ein kreisförmig angelegtes Areal, das vor mehr als hundertdreißig Jahren aus alten Ziegelsteinen erbaut worden war. Jetzt gab es nur noch Trümmern und Ruinen. Überall lagen riesige Brocken aus Stahlbeton. Ich konnte mir die ursprünglichen Formen der Bunker und Festungsanlagen gut vorstellen.

Ich rannte die Anhöhe hinab ins Zentrum des ehemaligen Forts und drehte mich einmal um die eigene Achse.

Die Insel war klein und hatte eine ganz eigene Ausstrahlung – friedlich und faszinierend, zugleich unheimlich und bedrohlich.

Ich spürte das kindliche Verlangen, in den Kasematten herumzuklettern. Und das tat ich auch.

Atemlos lief ich zu jeder einzelnen Ruine, kletterte auf ihr herum oder kroch tief in sie hinein.

Alte, zerbeulte Bierdosen und Feuerstellen verrieten mir, dass zuvor schon viele andere Besucher da gewesen waren. Das gab mir eine trügerische Sicherheit.

Ich fragte mich, was sich seit dem Bau der Forts im Jahre 1875 hier zugetragen hatte. Und ich wollte plötzlich auch wissen, was sie in den beiden Weltkriegen für eine Rolle gespielt hatten.

Ich stützte mich mit den Händen an eine zerborstene Festungswand und spähte durch einen kleinen Eingang in die Ruine.

Sie sah stabil aus.

Ich kroch tief in die zerfallene Kasematte hinein. Meine Jeanshose blieb an einem herausstehenden Stück Stahl hängen und zerriß. Auch mein Oberschenkel hatte etwas abbekommen.

Ich hielt inne und setzte mich atemlos auf einen Ziegeltrümmer.

Ein Sonnenstrahl fiel durch das halb eingestürzte Dach und traf mich grell im Gesicht. Ich schloss für einen Moment die Augen und fühlte die Hitze auf meinen Wangen, während von unten die kalte Ruinenluft meine Beine hinaufkroch.

Jetzt kam ich zur Ruhe.

Ich stützte mein Kinn auf die Hände und saß eine längere Zeit ganz unbeweglich da.

Und dann kam ich mir plötzlich blöd vor.

Ich wusste nicht, wodurch es ausgelöst wurde, aber mit einem Mal hatte ich das Gefühl, dass das ganze Chaos meines Lebens in diesem Moment sichtbar wurde.

Was tat ich hier?

Ich rieb mir die Stirn. Eine Wolke schob sich vor die Sonne. Es wurde dunkel und kühl.

Was um Himmels Willen tat ich?

Seit einigen Tagen war ich versessen darauf, eine Frau zu treffen, die älter war als ich und die anscheinend tatsächlich mehr von mir wollte. Und auch ich wollte mehr, viel mehr, als ich mir selbst eingestand. Und als wäre das nicht schon verwirrend genug, saß ich nun auch noch wie ein Kind, phantasierend, zwischen Trümmern und war fasziniert von einer Sandinsel, auf der die Zeugnisse einer militärischen Vergangenheit herumlagen.

Ich kam mir klein und verloren vor.

Steif geworden stand ich auf und klopfte mir den roten Ziegelstaub aus der Jeans. Dann tastete ich mich hinaus ins Freie.

Mir war auf einmal ganz elend.

Was tat ich hier an einem Ort, an dem so viele Menschen gelitten und gekämpft hatten? Hier, wo so viele Stärke bewiesen hatten?

Ich ergab mich schon mein Leben lang meinem Schicksal und machte meine schweigende Mutter dafür verantwortlich.

Ich war nicht von zu Hause ausgezogen, ich war geflohen. In der lächerlichen Hoffnung, dass, wenn ich mich erst mal von der Erstarrung meiner Mutter befreite, endlich zu erkennen, wohin mich mein Weg führen sollte.

Aber das war nicht passiert.

Nun saß ich fest, konnte nicht vor und nicht zurück und wusste nichts mit meinem kleinen Leben anzufangen.

Auf dem Weg aus den Trümmern erhob sich vor mir ein noch recht gut erhaltener Ziegelsteinbunker. Ein Schriftzug war quer über seine brüchige Fassade gemalt. Ich las, was mit weißer Farbe darauf geschrieben stand:

„Hier befand sich von 1933–1934 ein KZ!"

Ich las es noch einmal. Ich betrachte die Schrift. Vor etlichen Jahren hatte jemand diesen Satz mit Pinsel und Farbe aufgetragen. Jemand, der unbedingt wollte, dass alle, die hierher kamen, es lasen. Damit diese Tatsache endlich bekannt wurde?

Hier war das KZ gewesen?

Mir war nicht gut. Ich hatte das Gefühl, mich übergeben zu müssen.

Hatte das ein ehemaliger Häftling geschrieben? Einer, der niemals vergessen würde, was er auf dieser Insel erlebt hatte?

Meine Haut begann zu kribbeln und alle Farben um mich herum drangen grell und ungefiltert in meinen Kopf.

Das ist alles zu viel! Diese Insel, auf der ein Konzentrationslager gewesen war, Marie, die angeblich nichts davon wusste und die „zu Hause" auf mich wartete. Mein Leben, das sich so lange nicht vorwärts bewegt hatte und in dem jetzt so viele neue Gefühle und Gedanken Platz suchten.

Einfach alles.

Ich übergab mich. Dann suchte ich taumelnd den Weg hinaus aus dem Fort. Ich wollte nach Hause, nur noch fort und lief so schnell mich meine wackeligen Beine trugen über den schmalen Trampelpfad zurück zum Damm. Ich rannte den Betonwall hinunter, stolperte und wäre fast gefallen.

Die Sonne spiegelte sich auf dem Wattenboden – ich hatte kein Auge dafür. Ich interessierte mich auch nicht für die Möwen, die schreiend über meinen Kopf hinweg flogen.

Ich lief den Weg zurück, die Augen starr auf den Boden vor meinen Füßen gerichtet.

Ich folgte der Straße über den Deich bis zu Maries Haus. Dort stand mein Auto.

Ich sah es schon.

Ich schaute nicht nach links und nicht nach rechts.

Ich lief zurück zu meinem Wagen und schwitzte so sehr, dass mein Pullover mir nass an der Haut klebte.

Ich sprang ins Auto und startete durch. Der Motor heulte auf. Ich wollte niemandem mehr begegnen. Ich brauchte Zeit für mich, um alles zu sortieren.

Ich setzte zurück, gab Gas und fuhr nach Hause.

August 1934

Jakob Weilandt schlich durch die Straßen des Stadtteils, in dem er lebte. Er schlich, weil er spürte, dass ihm hier nichts anderes mehr zugestanden wurde. Wenn er sich die Zeitung holte oder zum Bäcker ging, war es für ihn wie ein Spießrutenlauf. Er war der, der sich aufgelehnt hatte, gegen etwas, dem andere begeistert folgten. Das, wie sie sagten, Arbeit und Wohlstand brachte. Die Werften liefen wieder auf Hochtouren, und man versprach den Kindern eine bessere Zukunft. Er war nur ein Widerständler. Richtig so, dass ihm und den Seinen beizeiten energisch beigebracht wurde, dass auch sie zu folgen hatten. Solche und ähnliche Worte hörte er immer häufiger. Schnell hatte sich in den Straßen herumgesprochen, wo er die letzten Monate verbracht hatte. Auf Mitleid durfte er nicht hoffen. Er wurde gemieden.

Einmal war ein Junge aus dem Haus nebenan mit seinem viel zu großen Fahrrad direkt vor Jakobs Augen in ein Schlagloch gefahren und gestürzt. Das Knie blutig, die Kette abgesprungen, das Blech zerbeult. Jakob schaffte es, den weinenden Jungen wieder einigermaßen aufzurichten und das Rad fahrtüchtig zu machen, als der Vater erschien. Stillschweigend hatte er seinen Sohn mit sich fortgezogen und ihm nach einigen Schritten deutlich hörbar erklärt, dass er sich von dem Kommunisten fernhalten solle, der würde ihnen nur Ärger einbringen. Jakob fühlte sich ohnmächtig gegen diese Äußerungen. Wo sollte er hin? Er musste aushalten, still sein. Vielleicht würden sich die Zeiten irgendwann wieder ändern. Doch so richtig glaubte er nicht daran.

Mai 1989

Ich saß auf meinem roten Küchensofa, starrte auf einen verschwommenen Punkt in der Ferne und konnte nicht mehr wegsehen. Mir ging es schlecht. Richtig schlecht. Ich fühlte mich verloren und zu gar nichts mehr nutze.

Mit meiner selbstgewählten Einsamkeit hatte ich mir vorgemacht, mein Leben allmählich auf den Weg zu bringen. Doch nun verstand ich, wie trügerisch dieser Glaube gewesen war. Ich hielt es für möglich, dass Menschen sich ihr Leben lang etwas vormachen. Was nicht weiter schlimm war, solange man es nicht bemerkte, aber ich hatte es nun mal bemerkt und empfand das keineswegs als einen Vorteil.

Mir war jetzt klar, dass ich mein bisheriges Leben passiv und selbstmitleidig an mir hatte vorbeiziehen lassen und dass ich geglaubt hatte, dass sich meine Chance schon irgendwann von selbst ergeben würde. Denn ich war ja schließlich noch jung genug, darauf zu warten.

Ab jetzt konnte ich nicht mehr länger warten. Ich wollte nicht! Das wusste ich – seit heute. Ich war gezwungen, etwas zu ändern, mich zu ändern. Nun gab es kein Zurück mehr. Und in diesem Moment der Erkenntnis spürte ich die Angst vor Veränderung in mir hochkriechen.

Stöhnend stand ich auf. Es war früher Abend und ich wollte mir wenigstens einen Tee machen. Den ganzen Tag lang hatte ich nur auf dem Sofa gesessen.

Ich drehte den Wasserhahn auf, hielt den Kessel darunter, traf nicht direkt die Tülle und bemerkte zu spät, das mein Ärmel nass wurde. Ich drehte den Hahn wieder zu und stützte mich mit der Hand schwer auf den Herd, während ich den Kessel auf die Platte stellte.

Und dann donnerte plötzlich etwas laut von außen gegen die Haustür.

Ich fuhr vor Schreck zusammen.

Das Donnern war ein Klopfen, stellte ich fest, und es wurde immer ungehaltener.

Einen Moment lang trat ich zögerlich von einem Bein aufs andere. Doch als das Klopfen schließlich zum Hämmern wurde und die Tür in den Angeln vibrierte, machte ich mich auf den Weg.

Schon vor dem Öffnen war mir klar, wer da so aufgebracht auf Einlass drängte.

„Verdammt! Was ist los mit dir?", schlug es mir entgegen.

Maries Stimme klang anders, als ich sie in Erinnerung hatte, aber ich hatte ihre Stimme ja auch noch nie vor Wut bebend erlebt.

„Ich habe auch eine Klingel", sagte ich leise.

Etwas Dümmeres fiel mir nicht ein. Meine Antwort trug nicht zur Entspannung bei.

„Oh, es tut mir leid! Ich habe nicht die Klingel benutzt", sagte Marie laut und unterstrich ihre Empörung mit einer großen Geste, „aber mir war danach, die Fäuste zu verwenden. Willst du mich nicht hereinlassen?"

Ich presste die Lippen aufeinander und trat einen Schritt zur Seite. Als Marie dicht an mir vorbeiging, durchfuhr mich ein schmerzhaftes Ziehen. Wir standen uns im Flur gegenüber. Sie sah mich an. Ihr Mund bebte, doch sie brachte keinen weiteren Ton heraus.

Ich schluckte mit trockener Kehle und in meinem Magen tobte ein Sturm.

Marie sah mich an, traurig, kopfschüttelnd. Ihr Grübchen, das ich so mochte, war nur noch eine strenge Linie in ihrem Gesicht.

Das tat mir weh. Ich sah zu Boden, mit hängenden Schultern. So gern hätte ich sie jetzt berührt.

„Verdammt", sagte sie leise, „ich bin so wütend auf dich, das kannst du dir gar nicht vorstellen."

„Doch", antwortete ich ein wenig kläglich, „ich bin auch wütend – auf mich."

Ich versuchte ein Lächeln. Marie reagierte nicht darauf. Ihr Ausdruck war fordernd. Sie wollte schon mehr als nur ein Lächeln von mir.

„Kann ich es dir erklären?", fragte ich.

„Gut, erkläre es mir."

In diesem Moment pfiff der Wasserkessel. Erst leise, dann in einer ohrenbetäubenden Lautstärke. Ich zögerte, wollte gerade zu einer Erklärung ansetzen, doch Marie stieß mich an.

„Nun geh schon", sagte sie.

Ich eilte in die Küche und befreite uns von dem nervtötenden Geräusch. Während ich mit zittrigen Fingern Tee in einen Filter schüttete, beobachtete ich Marie, die anmutig durch meinen einzigen Wohnraum schritt. Sie schien alles in sich aufzunehmen, jedes Detail meiner kläglichen Bleibe. An meinem zumeist ungenutzten Schreibtisch blieb sie stehen und lächelte, als sie die noch unfertig geschnitzte Holzfrau sah. Sie nahm sie in die Hände und glitt mit den Fingern sanft darüber.

Ich war beruhigt. Schnell stellte ich die Teekanne und zwei

Tassen auf den Tisch. Dann setzte ich mich auf das alte rote Sofa meiner Großtante, das schon den ganzen Tag über mein Platz gewesen war.

Marie trat langsam ans Fenster und schaute in den verwilderten Garten. Ein wenig verwundert, so schien es mir, betrachtete sie meine Skulpturen.

„Es ist sehr schön hier. Ich habe das Gefühl, dieses Haus verrät mir etwas über dich." Sie wandte sich um, schaute mich nachdenklich an. Sie sah traurig aus, als sie fragte: „Was war gestern mit dir los?"

Ich schloss einen Moment lang die Augen und suchte nach den richtigen Worten.

„Marie, wie soll ich dir das nur erklären?", begann ich holprig. „Ich bin gestern – aus den Fugen geraten."

Marie schaute mich verständnislos an.

Ich versuchte es ein wenig besser.

„Weißt du, seit ich dich kenne, bin ich ... Habe ich ... Angst. Ich habe Angst, dass ich dir nicht genüge, dass du von mir erwartest, dass ich mein Leben auf die Reihe kriege – und dass ich das auch von mir selbst endlich erwarte."

„Wäre das so schlimm?", fragte Marie trocken. Dann kam sie durch den Raum auf mich zugeschritten. Vor dem Tisch blieb sie stehen. Der Tisch bildete eine hölzerne Barriere, die uns einen knappen Meter voneinander trennte. Sie stützte sich mit beiden Händen darauf und sah mich durchdringend an. „Meinst du, mein Leben ist nicht durcheinander, seit du mir begegnet bist?" Sie presste ihre Lippen für einen kurzen Augenblick fest aufeinander. „Meinst du, ich nehme das, was zwischen uns geschehen ist, einfach so mit Leichtigkeit hin? Vielleicht mache ich den Eindruck auf dich, aber du kannst mir glauben, das täuscht."

Ich hörte, wie sie mühsam versuchte, ihren Atem zu beherrschen. Was ihr nicht gelang.

Wütend schüttelte sie den Kopf und fuhr mit erregter Stimme fort: „Ich frage mich auch hundertmal am Tag, was ich eigentlich von dir will. Du bist elf Jahre jünger als ich und meine Lebenssituation ist nicht so, dass ich große Lust habe, in die nächste, wahrscheinlich aussichtslose Beziehung zu starten. Ich lebe wie eine alte Frau. Ich habe mit meiner Großmutter und meinem sehr speziellen Vater eine Scheißverantwortung auf mir lasten." Nun kämpfte sie mit den Tränen. Ich wollte sie trösten, doch ich wagte es nicht. „Von Anfang an war mir klar, dass es mit uns nur schwierig werden kann. Dass du mir zu jung bist oder ich dir vielleicht schon bald zu alt. Na und? Dennoch oder wahrscheinlich gerade deswegen fühle ich mich unglaublich von dir angezogen."

Ungläubig starrte ich sie an.

Ihre Stimme wurde sanfter.

„Wahrscheinlich darf ich dir das gar nicht sagen, sonst rennst du womöglich gleich wieder fort. Aber weißt du", sie machte eine kurze Pause und schloss die Augen, „auf der Fähre, als wir uns begegnet sind – wir haben uns nur angesehen. Wie oft im Leben passiert so etwas? Wie oft ist dir das schon passiert?"

Ich hörte Marie genau zu.

Sie sprach nicht mehr weiter.

Ich stand langsam auf und stützte mich ebenfalls auf den Küchentisch. Wieder standen wir uns ganz nah gegenüber. Zwischen uns noch immer der Holztisch.

„Einmal", sagte ich ruhig, „einmal erst ist mir das passiert. Letzte Woche."

Vorsichtig hob ich die Hand, um Marie eine Haarsträhne aus dem Gesicht zu streichen. Ich fürchtete, von ihr abgewiesen zu werden, doch sie ließ es geschehen.

Wie kindisch war ich gewesen, einfach davonzurennen.

Und plötzlich ging alles sehr schnell.

Ich zog Marie zu mir herüber, küsste sie auf den Mund. Sie umfasste meinen Nacken, drängte mir entgegen, der Küchentisch knarrte, Tassen fielen zu Boden und Tee floss auf die Holzdielen. Ich nahm Marie in die Arme und sie vergrub ihr Gesicht an meinem Hals.

Irgendwann später lagen wir auf dem Sofa, hielten einander fest und Marie sagte: „Erzähl mir etwas von dir."

„Wo soll ich anfangen?"

„Ganz vorn."

Und das tat ich dann. Ich war unsicher, ob sie das langweilte, aber Marie hörte zu, ganz einfach, ohne ein Wort zu sagen.

Es ist seltsam, jemandem das eigene Leben zu erzählen. Es ist, als erzähle man es sich selbst. Eine Geschichte, die schrecklich oder schön klingt und die so fremd wirkte, dass es auch genau so gut die Geschichte eines anderen sein könnte.

Als ich nach einiger Zeit endete, saß ich schweigend und verwirrt da und plötzlich wurde mir etwas bewusst, das mich selbst überraschte.

„Ich verträume mein Leben, weil ich nirgendwohin passe."

„Glaubst du das oder ist es wirklich so?" Marie richtete sich auf und sah mich fragend an. „Wer sagt, dass du nirgendwohin passt?"

„Ich – die anderen. Es gelingt mir nicht, einfach dazuzugehören."

Der Gedanke verbreitete eine Schwere in meinem Kopf.

„Wer bist du?", fragte Marie eindringlich. „Und ich bitte dich, überlege genau."

Ich zögerte, spürte ihren Worten nach und was dann kam überraschte mich selbst.

„Ich bin ein Kind, ohne Ort, ohne zu Hause, ohne Platz, ohne Bindung, das flüchtet, wenn ihm etwas zu nahe kommt. Und manchmal bestehe ich nur aus Wut, möchte schreien: Wenn ihr mich nicht so wollt, wie ich bin, dann bleibt lieber weg! In meiner Seele ist etwas, das sich ausdrücken will, ohne zu wissen, wie. Ich lebe nur, weil in mir diese eine Idee ist."

Marie schaute mich sprachlos an.

„Welche?“, fragte sie dann fast tonlos.

„Ich weiß nicht“, sagte ich schließlich zögerlich. „Manchmal habe ich eine grenzenlose Energie in mir und ich möchte ihr einen Sinn geben, sie für eine Aufgabe verwenden, die gut ist, die etwas Sinnvolles schafft. Beim Bildhauern spüre ich diese Energie oft. Doch wenn ich ihr nichts gebe, dann verschwindet sie plötzlich und lässt mich leblos zurück.“

Ich holte tief Luft und schaute zur Zimmerdecke. Ich wollte nicht vor Marie weinen, auf gar keinen Fall. Mit belegter Stimme fuhr ich fort: „Meine Mutter hat mir nie von meinem Vater erzählt. Ich glaube, sie hat ihn gehasst. Er hat nichts dagelassen, außer diesem ungten Gefühl zwischen uns. Als Kind habe ich bei jedem Mann, der in unser Haus kam gedacht, das ist er! Das muss mein Vater sein. Jedes verfluchte, neue Mal. Bis sie irgendwann einfach zu mir sagte: ‚Er ist tot, find' dich damit ab und lass mich mit dem Thema zufrieden.‘ Ich habe ihr das nie geglaubt. Selbst heute noch, wenn ich durch die Straßen gehe, entdecke ich an einem fremden Mann vielleicht irgendetwas, das mir vertraut vorkommt und dann denke ich, das ist er – mein Vater! Bin ich nicht verrückt?“

„Du hast keinen Kontakt zu deiner Familie.“ Marie fragte nicht, es war vielmehr eine Feststellung.

„Es gibt keine Familie“, sagte ich. „Ich habe zwei Wünsche an meine Mutter: Sie soll mir sagen, wer mein Vater ist und mich sein lassen, wie ich bin. Beides will sie mir nicht geben.“

Ich sah Marie prüfend an. Sie schaute zurück. Sie wirkte weder unsicher noch erschreckt, was ich insgeheim befürchtet hatte. Sie hatte anscheinend genug Kraft, mich auszuhalten. Das gab mir Zuversicht. „Ich stelle mir oft die Frage, was ich hier soll. Was mein Job ist. Ich will etwas finden, wofür ich gern meine Zeit verwende und denke, das ist es. Das ist mir wichtig.“

Marie strich mir über das Haar. Nun füllten sich meine Augen doch mit Tränen.

„Was willst du wirklich tun?", fragte sie. „Was wolltest du als Kind schon tun? Ich glaube, dass einem sehr früh im Leben klar ist, wie der eigene Weg aussehen soll. Doch leider kommt man häufig davon ab, notgedrungen oder weil man nicht die Möglichkeiten hat oder nicht die notwendige Unterstützung erfährt. Manchmal wird einem leider auch der Glaube an die eigenen Fähigkeiten genommen, noch bevor man sie entwickeln konnte. An diesem Punkt glaube mir, ich weiß, wovon ich rede musst du es selbst in die Hand nehmen. Jeder hat seine Eltern, jeder seine Biographie. Man kann daran wachsen oder scheitern. Vielleicht solltest du dich fürs Wachsen entscheiden? Also, was willst du wirklich tun?"

„Ich weiß es nicht", sagte ich.

„Komm, denk nach."

Ich rieb mir die Stirn, schloss die Augen, suchte in meinen Erinnerungen, doch ich konnte keine Aufgabe für mein Leben entdecken.

„Mir fällt nichts ein", sagte ich.

Marie war enttäuscht.

„Es muss doch etwas geben, worin du dich wiederfindest."

Ich versuchte es erneut und gab mir wirklich Mühe.

„Ich drücke mich gern aus", sagte ich wenig überzeugend, „zum Beispiel, indem ich an irgendwelchen Holzklötzen herumhaue."

„Du drückst dich gern aus", wiederholte Marie.

„Ja."

Und dann geschah plötzlich etwas in meinem Kopf. Es war wie Wasser, das von ganz innen langsam nach außen sickerte. Ich startete einen zaghaften Versuch, unsicher, ob Marie meine Antwort genügen würde.

„Diese Inseln", sagte ich zögerlich, „seit ich mit ihnen in Berührung kam, ist etwas in mir geschehen. Zum ersten Mal bewege ich Gedanken in meinem Kopf, die mich nicht mehr loslassen. Die Festungen liegen einfach so da mit ihrer Geschichte und verfallen immer mehr. Niemanden scheint es zu interessieren. Das macht mich irgendwie traurig und wütend. Ich möchte mehr darüber erfahren. Ich möchte herausfinden, warum das so ist."

Marie hatte mir aufmerksam zugehört.

„Ist es das, was du gefühlt hast, als du auf der Insel warst? Bist du deswegen weggelaufen, weil deine eigene Neugierde, dein Interesse dich erschreckt hat?"

Ich schaute überrascht auf. Ihre Worte trafen den Kern. Mehr, als mir lieb war. Dann sagte ich nüchtern:

„Auf der Insel scheint ein KZ gewesen zu sein. Ist es das, was du auf der Fähre gemeint hast?"

Marie sah mich einen Moment lang sprachlos an.

„Ich weiß es nicht", sagte sie schließlich. „Ich weiß es wirklich nicht. Damals, als ich das erste Mal diesen Schriftzug auf dem Bunker las, hat mich das sehr erschreckt. Ich habe dann alle möglichen Leute danach gefragt, aber niemand konnte oder wollte mir Auskunft geben. Tja, und irgendwann holen dich die alltäglichen Probleme wieder ein und die Sache ist aus dem Kopf. Erst jetzt, wo ich mit dir darüber spreche, wird alles wieder präsent."

Maries Worte klangen ein wenig seltsam in meinen Ohren.

„Es gibt da einen Autor", sagte ich, „der hat sogar ein Buch dazu veröffentlicht. Ich habe es mir in der Bibliothek vormerken lassen. Du meinst, die alten Menschen aus deinem Dorf wissen nicht darüber Bescheid, was vor fünfzig Jahren vor ihrer Haustür geschah? "

„Ich weiß es nicht", antwortet Marie. „Für uns sind die Inseln einfach da. Wir nehmen sie nicht mehr so aufmerksam wahr wie Außenstehende, wie du vielleicht. Wahrscheinlich wurde irgendwann einfach der richtige Zeitpunkt verpasst, ihre Geschichte aufzuarbeiten und sichtbar werden zu lassen."

„Ist dafür nicht immer der richtige Zeitpunkt?", fragte ich nüchtern.

Marie zog mich fest in ihre Arme und dann schwiegen wir beide nachdenklich.

Sie blieb zwei volle Tage bei mir.

Dezember 1933

„Wenn ihr mich fragt: Das was da draußen in unseren Straßen passiert, ist genau richtig! Endlich wird mal durchgegriffen." Es war Heinrich Köppel, der das ganz unerwartet laut aussprach und dabei leicht wankend am Tresen stand. Er hob sein Schnapsglas und ließ den Blick provozierend durch den kleinen verrauchten Kneipenraum schweifen. Für einen Moment waren alle anderen Männer still.

„Auf ihn!", rief er dann aus, legte den Kopf in den Nacken und schüttete sich die klare Flüssigkeit in den Mund.

Ein paar Tropfen gingen daneben. Heinrich Köppel wischte sie von seinem unrasierten Kinn.

Noch immer sagte keiner ein Wort. Vorsichtige Blicke wurden gewechselt, nichtssagend. Nur nicht die eigene Gesinnung preisgeben, bevor nicht das Gegenüber den ersten Schritt gemacht hatte.

Das war neu im Dorf. Bisher hatte noch niemand so offen politische Parolen gerufen, wie Heinrich es gerade ganz ohne Zusammenhang getan hatte. Das Unbehagen unter den Männern war derart lähmend, dass selbst der Zigarettenrauch in der Luft zu erstarren schien.

„Oder was meint ihr?" Heinrich ergriff sein Bierglas so, dass es überschwappte, und ging zu einem Tisch, an dem drei Männer saßen und Skat spielten. „Seit ihr auch meiner Meinung?" Er stellte sein Glas ab und stützte sich mit beiden Unterarmen und leichten Gleichgewichtsproblemen auf dem Tisch auf. „Oder sind hier etwa Kommunisten anwesend?"

Sein heiser-lautes Lachen dröhnte durch den Raum.

Gemurmel machte sich breit.

„Setz dich hin, Heinrich", sagte endlich einer der Männer am Tisch. „Kannst ja kaum noch stehen. Und die Politik lass man andere machen. Da kennst du dich nicht mit aus. Hier kennt sich keiner damit aus. Kümmere du dich um dein Vieh, da bist du genug beschäftigt."

Ein anderer schob schnell einen Stuhl heran und drückte Heinrich unsanft nieder. Langsam kam wieder Bewegung in die Anwesenden. Der Wirt brachte eine Runde Korn und sagte, die ginge diesmal aufs Haus. Es wurde geprostet, getrunken und die Gespräche wurden wieder aufgenommen. Die Karten knallten auf den Tisch. Heinrich sagte nach dem nächsten Glas nicht mehr viel und nach und nach war die Politik vergessen – vorerst.

Mai 1989

Ich ging zur Terrassentür und machte sie weit auf. Es war später Abend. Marie war gerade nach Hause gefahren. Kühle Nachtluft drang herein. Ich atmete tief ein. Dann nahm ich Maries Glas zur Hand, in dem noch ein kleiner Rest Rotwein war und trat hinaus ins Freie.

Es war finster und feucht. Keine Sterne, kein Mond, nur Dunkelheit und Wolken.

Morgen früh würde es regnen, vielleicht schon heute Nacht.

Es war schön gewesen, diese zwei Tage mit Marie zu verbringen.

Wir hatten schlicht Zeit miteinander verbracht. Sie hatte sich dafür freinehmen müssen, von ihrer Arbeit, von ihrer Großmutter und von ihrem Vater.

Ich hatte ihr vom Markt Äpfel mitgebracht. Es war ein komisches Gefühl gewesen, sie so ganz allein bei mir zu Hause zu wissen, während ich Obst verkaufte.

Sie hatte sogar einige meiner Klamotten getragen. Und auf einmal war mir das alte, gedanklich längst aussortierte Kapuzenshirt wieder lieb geworden, nur weil sie es getragen hatte.

Gleich am ersten Tag waren wir in den Supermarkt gefahren, um eine Zahnbürste für sie zu kaufen. Eine weiche. Innerhalb kürzester Zeit war der Einkaufswagen bis oben hin voll.

„Wie lange wirst du bleiben?“, hatte ich vorsichtig halb im Scherz gefragt.

Marie hatte nur gelächelt: „Angst?“

Ich lächelte und trank den Wein in einem Zuge leer. Ich trank sonst nie Wein.

Marie war so anders als ich und doch waren wir uns in gewisser Weise ähnlich.

Manchmal glaubte ich, sie schon sehr lange zu kennen. Wenn ich ihr in die Augen sah, dachte ich: Ich liebe sie schon ewig. Doch wenn ich sie von Weitem beobachtete, wie sie einen Strauß Tulpen in meinem Garten schnitt, um ihn auf meinen kargen Küchentisch zu stellen, dann war sie plötzlich wieder eine völlig fremde Frau, in die ich mich gerade erst verliebt hatte und die ich nun langsam, Stück für Stück, entdecken musste.

Ich ging wieder zurück ins Haus. Plötzlich war es ganz klar.

Ich wusste nun, was ich tun wollte:

Ich wollte mit Marie zusammen sein.

Ich wollte die Geschichte der Inseln erfahren.

Ich wollte alles wissen.

Ich wollte wissen, was da gewesen war, wann und wieso niemand mehr darüber sprach oder je gesprochen hatte.

Mich überkam sogar der kühne Gedanke, diese Geschichte, die ich selbst noch nicht kannte, zu erzählen – aufzuschreiben!

Nicht, weil ich mich für historisch kompetent hielt, sondern weil ich sie erzählen wollte.

Weil sie mir, warum auch immer, überaus wichtig geworden war.

Ich wollte sie erzählen, als junger Mensch, vielleicht für andere junge Menschen oder auch nur für die, die sie hören wollten.

Ich wollte ein kleines Zeichen gegen das Vergessen setzen.

Mehr nicht.

Ich dachte, was einmal vergessen ist, kann wieder passieren. Die Zeiten dafür waren günstig. Und es erschien mir falsch, etwas totzuschweigen, als hätte es niemals existiert.

Das KZ auf Langlütjen zeugte von einer Zeit, in der ich glücklicherweise nicht gelebt hatte. Es schien klein und bedeutungslos für die Welt, für Deutschland und vielleicht sogar für diese Region. Doch für mich war es wichtig. Ich war davon überzeugt, dass Angst uns in Bewegung hält. Diese Art Angst, die dich fürchten lässt, dass sich unsere Vergangenheit wiederholen könnte. War es das Fürchten um die eigene Haut, das als Antrieb diente, wachsam und beweglich zu bleiben?

Ich hatte Angst vor diesem Thema. So sehr, dass ich mich fast vor meiner eigenen Entschlossenheit fürchtete.

März 1935

Carla war aufgeregt in diesen Tagen.

Sie spürte ein Gefühl in ihrer Magengegend. Ein Gefühl, das ihr bis dahin völlig unbekannt gewesen war. Ein angenehmes, nahezu beflügelndes Gefühl.

Noch nie war sie mit so viel Lebensfreude bei Tagesanbruch in den Stall gegangen.

Der kleine Spiegel in ihrer bescheidenen Kammer bekam ihr Angesicht neuerdings bei jeder Gelegenheit zu sehen.

Carla achtete auf ihre Kleidung und auf ihr Haar.

Das alles war ihr neu. Aber sie wusste, womit es zusammenhing.

Es war der 28. März. Die lange Frostperiode war überstanden.

Seit gut vierzehn Tagen wurden am Deich Erdarbeiten ausgeführt. Viele Männer verdienten sich dort für vierzig Pfennig Stundenlohn ihren Lebensunterhalt.

Einer davon war Jakob.

Carlas Vater hatte ihm die kleine Kammer auf dem Hof vermietet. Dazu gab es ein Frühstück und ein Abendbrot.

Noch nie zuvor hatte sich Carla derart auf die Mahlzeiten gefreut. Obwohl sie kaum etwas herunterbrachte.

Ihr kam es vor, als wäre mit Jakob endlich ein wenig Licht in die düstere Küche gedrungen.

Jakob sprach kaum.

Er sprach nur, wenn Carlas Vater ihn etwas fragte. Auch sonst gab er nur wenig von sich preis. Er wirkte ganz und gar schüchtern und verschlossen.

Doch manchmal, wenn er sich unbeobachtet fühlte, schaute er Carla ganz offen und unverwandt in die Augen und um seine schön geschwungenen Lippen lag ein trauriger Zug.

Carla konnte diesem Blick nur für eine Sekunde standhalten. Zu sehr wühlte es sie auf, diesem jungen Mann gegenüberzusitzen.

Jakob war fünfundzwanzig Jahre alt. Also sechs Jahre älter als sie. Er war in der Stadt geboren, auch das wusste sie. Aber aus irgendeinem Grund schien er nicht mehr dort leben zu wollen. Er sagte, die Möglichkeit, hier Arbeit zu finden, hätte ihn in diese Gegend verschlagen. Doch seine Mutter und seine Schwester lebten noch in der Stadt und teilten sich dort eine kleine Wohnung.

Es gab wenig Gelegenheiten für Carla und Jakob, sich näherzukommen. Doch eine Möglichkeit hatten sie gefunden.

Es war nach wie vor Carlas Aufgabe, abends die Schafe zu versorgen, und normalerweise schaffte sie diese Arbeit ohne

Hilfe. Doch das Glück wollte es, dass vor elf Tagen eine Zibbe ein Lamm geboren hatte. Die Zibbe war eigentlich noch zu jung, um schon eine fürsorgliche Mutter zu sein. Niemand wusste genau, wie es zu dieser Trächtigkeit gekommen war. Jedenfalls lehnte das Mutterschaf sein Neugeborenes ab. Jeder Versuch, das Kleine an das Euter seiner Mutter zu setzten, war fehlgeschlagen. Die Zibbe schlug wild um sich. Sie sprang in die Luft oder warf sich zu Boden. Hätte man der Ordnung von Mutter Natur freien Lauf gelassen, wäre das Lämmchen verhungert. Es lag nun mal in der Natur des Menschen einzugreifen.

Das war für Carla und Jakob ein Segen, denn überraschenderweise hatte Carlas Vater befohlen, dass Jakob ebenfalls nach dem Abendbrot im Schafsstall helfen sollte.

Die beiden Verliebten gaben sich große Mühe, ihre Freude darüber zu verbergen. Es war besser, wenn Carlas Eltern nichts davon wussten. So wurde das abendliche Rendezvous im Schafstall der Beginn einer innigen Verbindung.

Carla melkte die Milch einer Amme in ein kleines Fläschchen, während Jakob eilig den Schafen das abendliche Futter hinwarf. Je schneller er die Arbeit schaffte, umso mehr Zeit blieb ihm mit Carla. Rasch war er fertig. Er wischte sich die Hände an den Hosenbeinen ab und stieg zu Carla in den Holzverschlag, wo sie dem Lämmchen schon die Flasche gab.

Im frischen Stroh saßen die Beiden dicht beieinander und beobachteten still, wie das Tier hastig die noch warme Milch der Amme verschlang. Mit dürren Beinchen stakste es auf Carlas Schoß herum, während ein dünnes Rinnsal weißer Flüssigkeit an seinem Maul hinunterlief und das lockige Fell verklebte. Das kurze Schwänzchen wedelte aufgeregt und zeigte an, dass die Fütterung erfolgreich verlief.

Jakob legte seinen Arm um Carlas Schultern. Sein Herz schlug heftig.

Carla schmiegte sich sanft an ihn und hielt das Schafskind wie ihr eigenes auf dem Schoß.

Jakob liebte Carla. Da war er sich ganz sicher. Von dem Moment an, als er sie das erste Mal gesehen hatte, wusste er, dass er sie lieben würde.

Sie berührte ihn. Sie streichelte seine Seele und das tat ihm gut. Dieses heilige Gefühl der Nähe half ihm über eine Zeit hinweg, die eine hässliche Narbe hinterlassen hatte. Eine Narbe, die nicht nur auf seinem Rücken eine deutliche Spur zog.

Er wollte Carla nie wieder loslassen. Sie würde zu ihm stehen. Da war er sich ganz sicher.

„Carla?"

Jakob rückte ein wenig von ihr ab. Dann holte er etwas aus der Innentasche seines abgewetzten Jacketts.

„Was ist?", fragte sie überrascht.

Er stand auf und klopfte sich die gelben Halme von den Hosenbeinen. Dann kniete er vor Carla nieder.

Die junge Frau schaute verwirrt auf den schlichten Ring in seiner Hand.

Jakob schluckte mehrmals. Dann holte er tief Luft und suchte nach den Worten, die er sich seit einigen Tagen im Kopf zurechtgelegt und mehrfach, wenn er allein war, vorgesprochen hatte.

„Carla, ich liebe dich. Willst du meine Frau werden?", fragte er hastig und seine Ohren glühten dabei.

Carla schaute ihn fassungslos an.

„Ich weiß, wir kennen uns erst seit zwei Wochen", versuchte er seinen kühnen Entschluss zu untermauern. „Selbst wenn ich dich zwei Jahre kennen würde, würde das nichts an meinem Gefühl zu dir ändern. Aber zwei Jahre will ich nicht warten. Ich habe in der Stadt, bei der Werft angefragt. Sie wollen mich einstellen. Dann verdiene ich genug für uns beide. Bitte, sag nicht nein."

„Jakob." Das Lamm sprang hastig zur Seite, als Carla sich ebenfalls ins Stroh kniete. Schüchtern fasste sie nach seinen Händen. „Ich liebe dich auch. Ich möchte gern deine Frau werden."

Jakobs schöner trauriger Mund versuchte sich an einem Lachen. Es gelang ihm beinahe. Unbeholfen steckte er ihr den Ring an.

Carla war glücklich. Nicht nur, dass sie heiraten würde, zum ersten Mal hatte sie Jakob lächeln sehen. Sie würde ihm eine gute Frau sein. Dann spürte sie seine Lippen auf ihrem Mund.

Carla und Jakob heirateten im Mai.

Es ging sehr schnell.

Sie blieben auf dem elterlichen Hof wohnen und Carla brachte im Januar ein Mädchen zur Welt.

Sie nannten es Anna.

Jakob verdiente wenig, kaum genug, um die kleine Familie zu versorgen. Er arbeitete auf der Werft und baute Schiffe.

Kriegsschiffe.

April 1936

Viel Zeit hatte das junge Paar nicht füreinander. Immer gab es etwas zu tun. Carla half auf dem Hof, im Haushalt und versorgte das Kind. Jakob arbeitete von früh bis spät auf der Werft, doch er war froh darüber. Die Arbeit tat ihm gut.

So hatte er keine Zeit zum Grübeln. Denn sobald er dazu kam, holten ihn Gefühle ein, die ihn im höchsten Maße verängstigten. Er konnte es nicht verhindern. Sie kamen einfach. Er hatte versucht, sie zu begraben, doch sie kamen stets zurück an die Oberfläche. So sehr er sich auch bemühte, jeden Tag, jeden Monat, sie unter einer neuen Schicht verschwinden zu lassen, sie kamen immer wieder hoch.

Das machte ihn böse. Manchmal verzweifelte er über sich selbst. Es war doch schon so lange her, dachte er. Und es war auch nicht lange gewesen, nur zwei Monate. Er hatte noch

Glück gehabt, im Gegensatz zu manch anderen. Was war denn letztendlich überhaupt gewesen, fragte er sich ständig aufs Neue und versuchte sich einzureden, dass er wegen dieser paar Wochen doch nicht für den Rest seines Lebens diese seltsame Grauen mit sich herumzuschleppen bräuchte.

Aber es half nichts. Er konnte noch so sehr versuchen, es aus seinem Kopf zu verdrängen, seine Seele war dafür nicht bereit. War sie dafür da, jedes Gefühl, ob schrecklich oder schön, bis in alle Ewigkeiten zu bewahren?

Jakob fühlte sich machtlos gegen diese Gefühle und gegen das Grübeln. Es machte ihn müde, unsagbar müde.

Er dachte an seine schöne junge Frau, wie sie ihre gemeinsame Tochter auf den Armen hielt. Sie war voller Wärme und doch konnte sie ihm in seiner Not nicht helfen.

Sie wusste ja nicht einmal etwas davon. Jakob hatte seiner Frau bis zum heutigen Tage nichts erzählt.

Die kleine Anna schrie.

Sie lag in ihrer Wiege und schrie sich die Kehle rauh.

Jakob war bei ihr, doch er konnte sich nicht bewegen. Er saß in der Stube in seinem Sessel und rührte sich nicht. Jakob hatte es schon öfter geschafft, das Kind zu beruhigen, aber an diesem Abend fühlte er sich unfähig dazu.

Er ruhte in seinem Sessel und hatte nur einen Moment lang nicht aufgepasst, da waren die gefürchteten Gefühle gekommen und hatten ihn restlos übernommen. Jakob fühlte sich nicht mehr in der Lage, sich aus seinem eigenen Gefängnis zu befreien.

Anna weinte.

Jakob starrte an die Wand. Er hörte das Schreien wie aus weiter Ferne.

Er kannte dieses Geräusch.

Er hatte schon oft Schreie gehört und nichts dagegen tun können, außer sich ganz still zu verhalten.

Anna schrie noch immer.

Jakob fasste sich an den Kopf. Er wollte das nicht mehr hören. Es klang so laut und verzweifelt.

Er hielt sich die Ohren zu, doch er hörte die Schreie noch immer. Noch viel lauter als zuvor. Sie waren in seinem Kopf. Wo blieb Carla? Warum kam sie nicht? Sie wollte doch nur ganz kurz in den Stall gehen.

„Carla!", rief er und hielt sich mit beiden Händen den schmerzenden Kopf. Es dröhnte in seinem Inneren.

„Carla!"

Jakob rief lauter. Sein Kopf drohte zu zerplatzen, einfach auseinanderzufallen. Jakob bekam Angst.

„Carla! Carla!"

Jakob schrie jetzt fast. Doch Carla kam nicht.

„Carla!"

Er brüllte noch viel lauter als die kleine Anna. Warum half ihm niemand?

„Carla! Carla! Carla! Carla!"

Er wurde fast verrückt. Er hatte Angst, den Verstand zu verlieren. Seine Stimme überschlug sich. Er brüllte, das Kind hörte er nicht mehr. Er hörte nur noch sein eigenes verzweifeltes Schreien.

„Carla! Carla!" Dann schlug seine Stimme um und brach entzwei. Aus dem dunklen männlichen Ton wurde ein helles wackeliges Kreischen wie das eines Kindes und dann weinte er.

„Jakob!"

Carla stand in der Tür. Entsetzt sah sie, wie ihr Mann im Sessel saß und die Hände vor das Gesicht geschlagen hatte.

Carla lief zu ihm hinüber.

„Jakob", sagte sie leise und legte unsicher ihre Arme um ihn.

Sein Körper fühlte sich hart und verkrampft an. Immer wieder wurde er von heftigen Weinkrämpfen geschüttelt. Carla strich ihm mit zittriger Hand über das blonde Haar. Es machte ihr Angst, ihren Mann so zu sehen. „Jakob, was ist denn bloß mit dir?"

Doch Jakob reagierte nicht. Erst nach einer ganzen Weile hob er sein schmerzverzerrtes Gesicht und stammelte: „Es tut so weh."

„Was?", hauchte Carla fast tonlos.

„Es tut so weh", wiederholte Jakob.

„Willst du es mir nicht sagen?" Es war das erste Mal, dass Carla sich traute, nach seiner Not zu fragen. „Du trägst doch etwas mit dir herum. Glaubst du, ich habe das nicht bemerkt?"

Jakob rang mit sich. An seinen großen Fäusten liefen die Tränen hinunter.

„Wirst du bei mir bleiben? Egal, was ich dir erzähle?"

Carla nickte. Doch dann sagte sie entschlossen: „Jakob, ich liebe dich. Ich werde immer bei dir bleiben. Egal, was ist, ich bin deine Frau."

Jakob sah auf. Sein Gesicht war nass, die Augen rot und geschwollen.

Carla wurde bange. Was auch immer ihr Mann nun sagen würde. Was auch immer er erlebt hatte, es musste schrecklich gewesen sein. Carla hoffte inständig, dass es ihre Liebe nicht zerstören würde und dass sie auch wirklich die Kraft hatte, ihm zuzuhören. Sie fasste nach seinen Händen und kniete sich still vor ihm hin.

Die kleine Anna hatte aufgehört zu schreien. Sie wimmerte nur noch leise.

„Ich war im Konzentrationslager."

Carla wurde blass.

„Was?", fragte sie tonlos.

„Ja." Jakob schlug seine Augen nieder, als würde er sich schämen. „Ich war auf Langlütjen eingesperrt."

Für Carla begann sich der Raum zu drehen. Sie rang nach Atem. Die Schüsse, dachte sie, damals auf dem Deich. Sie fühlte wieder das Entsetzen in sich hochkommen. Sie dachte an das Schweigen ihres Vaters und an den Bekannten, auf den man geschossen hatte. Sie hörte seine Worte: „Die halten dort Menschen fest."

Carla war kreidebleich im Gesicht. Sie hatte in ihrer Verliebtheit, ihrem Glück mit Jakob nie wieder darüber nachgedacht. Das Erlebnis auf dem Deich war völlig aus ihrer Erinnerung verdrängt. Damals, nach dem Neujahrsfest 1934, schien es auch vorbei gewesen zu sein mit den seltsamen Geschehnissen auf der Insel. Nie wieder hatte sie jemanden darüber sprechen hören. Und bis heute hatte sie nicht erfahren, was sich dort zugetragen hatte. Es war so schnell vorbei gewesen, wie es begonnen hatte.

Doch nun war es wieder da. Ganz nah und überaus existent, in ihrer eigenen Familie. Und ausgerechnet Jakob war es, der ihr nun davon erzählen würde, ihr Jakob. Carla wartete, dass er zu sprechen begann und versuchte, ihn dabei zuversichtlich anzuschauen, doch ihre Hände, an seine geklammert, zitterten.

Mai 1989

Als ich am nächsten Vormittag erwachte, war meine Entschlossenheit noch da. Das war ein gutes, ein belebendes Gefühl. Ich hatte ein Vertrauen in mir, das ich gar nicht kannte.

Ich rief in der Bibliothek an und fragte nach dem Buch. Ja, wurde mir von der netten Dame am Telefon mitgeteilt, seit gestern sei es da, ich könne es abholen.

Mit ungewohnter Energie machte ich mich fertig, ließ das Frühstück ausfallen und sprang ins Auto.

Ich brauchte nur eine Stunde, um mich durch den Mittagsverkehr zu schlängeln, das Buch auszuleihen und wieder nach Hause zu fahren. Ich fuhr rasanter als gewohnt. Es war, als hätte ich eine dringende Fracht zu transportieren, die schnellstens Beachtung zu finden wünschte.

Wenig später saß ich erwartungsvoll auf meinem Sofa, das

Buch auf den Knien und betrachtete den Umschlag. Es war ein sehr schlichtes Buch, in einem kleinen Verlag erschienen. Ich schlug es auf und begann zu lesen.

April 1936

„Ich habe Flugblätter verteilt, gegen die Nazis, gleich nach der Machtergreifung." Jakobs Stimme klang abgehackt. Carla bemerkte, wie schwer es ihm fiel, darüber zu sprechen. „Ich war damals Metallarbeiter. Nachts habe ich die Flugblätter zusammen mit meinem Freund Heinrich auf dem Marktplatz und in den angrenzenden Straßen verteilt." Jakob sah zu Boden. Sein Blick verlor sich irgendwo, auf dem Muster des zerschlissenen Teppichs. Langsam sprach er weiter. „Das war sehr gefährlich. Das wusste ich, aber ich wollte irgendetwas tun. Man musste doch etwas gegen die unternehmen, oder nicht?"

Jakob schaute ängstlich zur Tür und dann mit prüfendem Blick zu Carla, als wollte er sich davon überzeugen, dass sie derselben Meinung war. Die vergangenen Erlebnisse und die gegenwärtige politische Situation machten ihn so misstrauisch, dass er befürchtete, sogar seine eigene Frau könnte ihn verraten.

Carlas Blick war starr wie der einer Maske. Sie hatte keine politische Meinung. Sie war ging ganz und gar auf in ihrer eigenen kleinen Welt.

„Ich war noch sehr jung. Heinrich hatte Kontakt zu einem aus der Kommunistischen Partei. Von dem hat er die Flugblätter bekommen. Wir waren überzeugt davon, das Richtige zu tun. Ich bin es heute noch. Dann haben sie mich erwischt. Heinrich konnte gerade noch weglaufen, aber ich nicht mehr. Sie standen plötzlich vor mir, hinter mir, überall, vier oder fünf Mann. Ich habe die Flugblätter hingeschmissen und wollte noch fortrennen, aber es war zu spät. Ein Faustschlag traf mich ins Gesicht. Mir wurde schwarz vor Augen und ich ging zu Boden. Danach sind sie alle auf mich los, haben auf mich eingetreten, frag nicht, wie. Ich dachte, ich würde auf der Straße sterben. Vielleicht wäre es besser gewesen“, fügte er leise hinzu.

In seinem Kopf wuchsen die Bilder zu einer mächtigen Welle an, die ihn zu überrollen drohte. Schnell sprach er weiter und nahm ihr dadurch Kraft. „Sie haben mich noch in derselben Nacht verhaftet und ins Gefangenenhaus gebracht. Das war so ein altes Amtsgebäude, das auf die Schnelle provisorisch zu einem Gefängnis umfunktioniert worden war. Sie haben mich in einen Kellerraum gesperrt. Dort habe ich gelegen, mit meinem geschundenen Körper, aber es war noch lange nicht vorbei. Ich habe feststellen müssen, was ein Körper an Schlägen und Misshandlungen aushalten kann. Jeden Tag wurde ich von der Gestapo vernommen. Sie wollten Namen von mir wissen, Namen von Parteigenossen. Ich habe nichts gesagt. Ich habe ja kaum etwas gewusst und das war auch gut so. Wenn man dir Rückrat und Gesicht blutig schlägt, sodass du denkst, dir werden alle Knochen im Leibe zertrümmert, dann sagst du irgendwann irgendetwas, nur damit es aufhört – oder du stirbst. Und das war es, was ich mir in der Zeit dort täglich wünschte – zu sterben. Wenn du nicht mehr weißt, ob Tag oder Nacht ist, wie benommen in die nackte Glühbirne schaust, die in einem unregelmäßigen Rhythmus an- oder ausgeschaltet wird, damit dir die Nerven versagen, wenn du zum Verhör geholt wirst, morgens, nachts, nachmittags oder wann auch immer und du irgendwann einfach nicht mehr weißt, wie viele Tage schon vergangen sind, dann ist der Tod keine schlechte Alternative – aber du lebst noch. Das lassen sie dich wissen, indem sie dich aus der Ohnmacht holen, nur um dich durch erneute Misshandlungen wieder dahin zurückzubefördern. Einmal haben sie mich durch den ganzen Vernehmungsraum geprügelt. Ich kroch auf dem Boden. Ich wusste, dass es sinnlos ist, aber genau das wollten sie sehen, dass ich auf dem Boden vor ihnen herkrieche. Dann haben sie mir einen Stuhl auf den Rücken geschlagen und ich bin liegen geblieben. Morgen würden sie mich erschießen, haben sie mir nur noch gesagt und mich zurück in den Keller geschleift.

Ich war nicht der einzige Gefangene dort. Ich habe andere gesehen, die genau wie ich mit blutig verquollenen Gesichtern über den Flur gezerrt wurden."

Carla war voller Entsetzen. Sie sah, dass Jakobs Lippen zitterten. Sein Atem ging schwer. Sie konnte es nicht ertragen, ihren Mann so zu sehen, aber seine Worte konnte sie noch weniger aushalten. Doch sie drückte seine Hände und bat ihn, weiterzusprechen.

Jakob nickte kaum merklich. Er nahm sich Zeit, die Erinnerungen kommen zu lassen. Er wollte ihnen in jetzt standhaft entgegenblicken, so furchtbar sie auch waren. Denn wer wusste, ob er es jemals wieder könnte. „Ich habe fest damit gerechnet, dass sie ihre Drohung wahr machen würden. Ich hatte es sogar gehofft. Mein Wille war gebrochen und mein Körper gefühllos geworden. Ich habe gebetet, mehrere Stunden lang, das weiß ich noch. Früh am Morgen haben sie mich dann in den Hof vor eine Wand gezerrt. Vor mir standen drei SA-Leute mit Gewehren. Ich kann dir nicht beschreiben, wie es ist, in drei auf dich gerichtete Gewehrläufe zu schauen."

Jakobs Worte kamen ruhig, fast schon teilnahmslos aus seinem Mund. Sein Gesichtsausdruck war leer, als er weitersprach: „Und dann öffnete sich plötzlich irgendwo im Hof ein Fenster und ein hoher Gestapomann brüllte heraus, dass die Vollstreckung des Urteils verschoben worden sei. Ich wusste nicht, ob ich mich darüber freuen sollte. Innerlich war ich ohnehin schon tot. Was hätte das noch für einen Unterschied gemacht, auch meiner körperlichen Hülle den Rest zu geben. Mein Todesurteil war verschoben worden – was sollte man da empfinden, Carla? Später, als ich nach meiner Gefangenenzeit wieder auf freiem Fuß war, habe ich erfahren, dass sie es öfter so gemacht haben, nur um die Gefangenen noch mehr zu quälen und im letzten Moment zum Sprechen zu bringen."

Jakob sah Carla ausdruckslos an, als er fragte: „Du denkst jetzt sicher, das ist schrecklich, nicht wahr? Aber das ist noch lange nicht alles. Ich wurde kurzfristig verlegt, in ein ebenso provisorisches KZ mitten in der Stadt. Dort ging die Prügelei weiter. Die Zustände waren unbeschreiblich. Einfach nur ..., grauenvoll."

Jakob brach ab. Er stützte sein stoppeliges Kinn auf die großen Hände und schwieg.

Carla kämpfte mit den Tränen. Sie fragte sich, ob ihr Mann es schaffen würde, ihr alles zu sagen. Allein das Zuhören war ein unglaublicher Kraftakt. Doch sie wollte sich nichts anmerken lassen. Sie wollte stark sein und ihrem Mann tröstend zur Seite stehen. Auch wenn sie innerlich dem Zusammenbruch nahe war. Sie wusste nicht, wie naiv ihre Gedanken waren. Das Leben hatte ihr noch nicht gezeigt, zu was es fähig war. Ihres war bislang sehr überschaubar verlaufen. Nicht schön, aber überschaubar, in jeder Hinsicht. Umso mehr erschütterten sie Jakobs Worte. Sie spürte ein großes Unbehagen vor dem, was er ihr noch sagen würde. Es überkam sie sogar das stille Verlangen, einfach alles ungeschehen machen zu wollen, diesen Tag, diese Situation. Sie wünschte sich den gestrigen Tag zurück, den Tag, an dem noch alles in Ordnung schien. An dem sie noch nichts gewusst hatte, nichts von seiner, von Jakobs, Vergangenheit. In dieser Hinsicht war Carla ihren Eltern und deren Lebensgrundsatz sehr treu: Was nicht ausgesprochen wird, das gibt es auch nicht.

Sie hoffte inständig, dass Jakob all das irgendwann vergessen würde. Sie musste ihm nur genügend Liebe geben, aber würde sie es vergessen können? Wie sollte es nun weitergehen mit ihnen, jetzt, wo sie all diese schrecklichen Dinge aus Jakobs Leben wusste? Carla brach zusammen und wurde von einem heftigen Weinkrampf geschüttelt. Sie hielt sich an seinen Knien fest und wimmerte: „Erzähle mir alles, Jakob, bitte."

Im Grunde wollte sie es nicht wirklich wissen, aber es gab kein Zurück. Das war ihr bewusst.

„Es ist nicht leicht, Carla", sagte Jakob und strich ihr mit unbeholfenen Händen über das Haar. „Es ist das allererste Mal, dass ich mit jemandem darüber spreche. Ich werde dir alles erzählen, wenn du es ertragen kannst, denn wer weiß, ob ich es jemals wieder tun werde."

Er tastete nach ihren Händen und hielt sich daran fest, wie an einem rettenden Seil, das er nie mehr loslassen wollte. Stockend sprach er weiter. „In diesem KZ war es entsetzlich. Überall blau und blutig geschlagene Männer. Demütigungen und Misshandlungen waren an der Tagesordnung. Täglich kamen neue Gefangene hinzu: Widerständler, Politiker, Zeitungsleute. Die Räume waren überfüllt, doch traute sich keiner mit dem anderen zu sprechen. Das KZ lag mitten in der Stadt und viele Bürger haben mitbekommen, was da hinter den Mauern in ihrer sonst so ordentlichen Stadt vor sich ging. Es war Stadtgespräch, habe ich hinterher erfahren. Das gefiel den Machthabern nicht. Vielleicht befürchteten sie Unruhen und Empörungen. Wir sollten raus aus der Stadt. Ein neues KZ musste geschaffen werden. Es wurde immer enger in diesem Gefängnis. Täglich nahmen sie neue Männer in Schutzhaft."

Jakob lachte bei diesem absurden Wort hart auf.

„Schutzhaft, verstehst du, Carla? Für Mitglieder der KPD, der SPD, der Sozialistischen Arbeiterpartei oder eben für solche wie mich, Jungen, die sich politisch eingemischt hatten. Uns war schnell klar, dass sie bald alle politischen Gegner festgenommen hatten. Wir wurden als Kriminelle abgestempelt, misshandelt, auf ungewisse Zeit eingesperrt und mundtot gemacht, nur weil wir eine andere Meinung hatten."

Jakob schüttelte den Kopf. „Ich kann das noch immer nicht

fassen. Ich werde das nie verstehen und du siehst, sie machen damit immer weiter. Es wird immer schlimmer und grauenvoller. Damals waren wir es, auf die sie es abgesehen hatten. Wir waren die Ersten. Jetzt sind es andere. Es wird immer entsetzlicher. Wo soll das noch hinführen? Wo sollen wir hin, um diesem Schrecken, diesen Bestien zu entgehen? Einfach nur still sein und alles aushalten? Abwarten und wegsehen?“

Jakob biss sich wütend auf die Lippen, als er bemerkte, dass Carla ihn ängstlich anschaute und dann zur Tür starrte, als befürchtete sie, seine Worte könnten ihnen direktes Unheil bringen. „Siehst du, was es mit uns macht?“, stieß Jakob hart hervor. „Was es mit dir macht? Hast du Angst, deine Eltern lauschen an der Tür und zeigen mich an, wegen dieser Worte? Ich würde es ihnen sogar ohne Weiteres zutrauen.“ Jakob schüttelte den Kopf, als hätte er sämtlichen Glauben an die Menschheit verloren. Dann sagte er leise: „Sie haben dann damals zwei neue provisorische KZs eingerichtet, weit außerhalb der Stadt. Das eine auf einem großen Kahn, der dauerhaft am Flussufer ankerte und das andere auf Langlütjen. Da kamen angeblich nur die besonders gefährlichen Häftlinge hin. Solche wie ich.“

Wieder erklang ein hartes Lachen aus Jakobs Kehle.

„Ich wurde bei Nacht dorthin gebracht, mit einem Schiff vom Hafen aus. Und nur der Himmel weiß, wieso ich nach meiner Freilassung unbedingt hierher, an diesen Ort, zurück wollte. Jeden verdammten Tag kann ich vom Deich auf diese Festung im Meer blicken. Sie liegt da so friedlich, fast schon schön. Und jeden Tag empfinde ich dasselbe: Angst und Wut.“

Mai 1989

„Das Fort Langlütjen 2 war vom 09.09.1933 bis zum 25.01.1934 ein frühes Konzentrationslager der Nationalsozialisten."

Da stand es, ganz am Anfang des Buches, einfach so.

Ich las Interviews von ehemaligen Häftlingen und deren Familien, Zeitzeugenberichte.

Draußen zogen Regenwolken auf. Es wurde dunkel. Ich starrte wie gebannt auf das Buch und las Seite für Seite. Immer tiefer tauchte ich hinein, in die Geschichte der Inseln, bis ich irgendwann, sehr viel später, die letzte Seite nur noch überflog und das Buch zuklappte. Ich war so erschöpft, dass ich mich auf den Teppich legte. Ich betrachtete die Zimmerdecke über mir. Viele Fragen schwirrten mir durch den Kopf.

Wieso waren Maries Versuche, etwas über die Inseln zu erfahren, ins Leere gelaufen? Die älteren Menschen mussten etwas gewusst haben.

Was bedeutete dieses Schweigen? War das „nicht darüber Sprechen" eine Art „nicht Hinsehen" und die einzige Möglichkeit der Bevölkerung gewesen, damit umzugehen? Die Inseln lagen dort still im Meer und mit ihnen ihre viermonatige düstere Geschichte, die schon nach einigen Jahren so vergessen zu sein schien, dass selbst der nachfolgenden Generation, Maries Generation, keine Antwort mehr dazu gegeben werden konnte. Seltsam.

Die Verschwiegenheit der Inseln, hatte es in einem der Zeitungsartikel geheißen. Man könnte wohl besser von der Verschwiegenheit der Dorfbewohner sprechen. Aus Angst vielleicht oder Gleichgültigkeit, Schuldgefühlen den Menschen gegenüber, die Widerstand geleistet hatten gegen etwas, das man selbst stillschweigend oder eingeschüchtert hingenommen hatte, oder dem man mit Begeisterung gefolgt war.

Und plötzlich begann sich die Zimmerdecke über mir zu drehen.

Meine Mutter – mein Großvater. Ich sprang auf. Rannte zu meinem Bett. Darunter die Kiste mit den alten Fotos, die ich unerklärlicherweise mitgeschleppt hatte. Ich weiß nicht. Wahrscheinlich eine krankhafte Affinität für so etwas wie übrig gebliebene Familienreste. Ich blätterte hastig die vergilbten Fotografien durch: meine Mutter als junges Mädchen, lachend am Rand eines Springbrunnens sitzend, Seite an Seite mit ihrer Mutter, ernst mit dünnen Zöpfen. Ich blätterte weiter und weiter und dann hatte ich es!

Da saß er, stolz, in perfekter Uniform mit Nazibinde um den Arm auf einem Stuhl, wie bei einem Fototermin. Die Haltung leicht seitlich zur Kamera, sein Blick klar und zielstrebig. Kein Lächeln.

Wie hatte ich das vergessen können? Mein Großvater – ein Nazi.

Ich hatte ein paar Erinnerungen an ihn, ja, aber mehr an seine alten, wässrig-blauen Augen, groß und mit dem Ausdruck der geistigen Verwirrung aus dem Kopf tretend, sodass die roten Äderchen und der gelbliche Augapfel deutlich zu sehen waren. Ich hatte mich vor diesem Ausdruck stets gefürchtet. Und ich hatte mich vor „seiner alten Zeit" gefürchtet. Wenn er, in seinem Ohrensessel sitzend, mit dunkelrotem Morgenmantel, Schlafanzug und Pantoffeln bekleidet vor sich hinbrabbelte und dabei anstarrte, wer gerade anwesend war. Es hatte sowieso niemanden interessiert, was er zu sagen hatte. Ab seinem achtundsechzigsten Lebensjahr war er zum Pflegefall und von seiner Familie für geistig unzurechnungsfähig erklärt worden. Er starb, als ich sieben Jahre alt war. Ein paar Monate darauf starb auch meine Großmutter. Ab da gab es nur noch meine Mutter und mich und eine Großtante, eine Schwester meiner Großmutter.

Was hatte das mit Mutter gemacht, solch einen Vater zu haben? Und was mit mir? Ich schluckte.

Lieber würde ich auf einen Großvater zurückblicken, der Widerstand geleistet hatte. Plötzlich lief es mir heiß den Rücken herunter.

Mein Vater: nicht gut genug für meinen Großvater. Das waren die Worte meiner Mutter gewesen.

Ich fand ein klein wenig Trost darin, dass in mir auch die Gene eines Mannes schlummerten, der den Ansprüchen meines Nazigroßvaters nicht genügt hatte. Umso größer wurde die Sehnsucht zu wissen, wer die andere Seite meiner Familie war. Ich hatte mich nie der Familie meiner Mutter zugehörig gefühlt. Das war auch nicht verwunderlich. Sie hatte mich deutlich spüren lassen, dass ich nur das uneheliche Kind war. Noch dazu, wie mir nun bewusst wurde, von einem unerwünschten Vater. Das passte alles zusammen. Somit war ich dieses ungebundene, beziehungslose Etwas, das nicht in der Lage war, irgendwo seinen Platz zu behaupten. Ich atmete tief durch, um nicht zu heulen.

Ich spürte nun, wie wichtig es war, sich mit unserer Geschichte auseinanderzusetzen. Sie lebte in uns weiter. Und ich dachte, wir Jüngeren sollten beginnen, genauer hinzuschauen, zuerst in unseren eigenen Familien. Offen und ohne Angst vor dem, was kommen könnte.

Millionen von Menschen hatten diese Zeit irgendwie überlebt, Täter, Opfer, und alle hatten ihren Schmerz, ihr Trauma, ihre innere Einstellung irgendwie an ihre Kinder weitergegeben, gewollt oder ungewollt. Auf einmal hatte ich eine Ahnung, wie meine Mutter es schaffte, sich so unerbittlich über meinen Vater auszuschweigen. Sie hatte diese Gewohnheit gut gelernt und konnte sie offenbar auch nicht ablegen. Was auch immer ihre Gründe dafür waren, so hart gegen sich selbst und damit auch gegen mich zu sein, hierin glaubte ich, ein pädagogisches Erbe aus der Nazizeit zu finden.

Wer waren unsere Großeltern gewesen? Nazis? Widerständler? Denunzianten? Opfer? Mitläufer? Eingeschüchterte? Abwartende? Es gab so viele, die sich damals für den Hass entschieden, der offen propagiert wurde. Und ich dachte an jene, die auch heute wieder so viel Ablehnung in sich hatten, dass sie dieselben Parolen wie ihre Großväter skandierten.

April 1936

„Wir waren ungefähr fünfzig Häftlinge auf Langlütjen. Wir mussten dort Reinigungsarbeiten verrichten oder auch Küchendienst, Reparaturen und Instandhaltungen. Das Arbeiten war nicht das Problem, sondern die Tage, die so schrecklich lang waren und aus Grübeln und Angst bestanden. Man hatte noch Glück, wenn man in einer der drei Gemeinschaftszellen untergebracht war. Denn es gab Einzelzellen, Arrestzellen für Häftlinge, von denen man sich wichtige Aussagen erhoffte. Ich bin einmal für drei Tage in eine Arrestzelle gekommen, hatte mich mit einem SA-Mann angelegt, der einen Mithäftling brutal verprügelt hatte, aber das habe ich nur ein einziges Mal gewagt. Ich wurde mit dem Knüppel zusammengeschlagen und anschließend in eine Einzelzelle gesperrt. Drei Tage verbrachte ich in diesem düsteren, feuchten Kellerraum. Das war eine ehemalige Munitionskammer gewesen. Sie lag unterhalb des Meeresspiegels. Und mehr als einmal habe ich gedacht, dass ich darin ersticke. Ich konnte sehen, wie die Flut alle zwölf Stunden eine Pfütze braunes Wasser in mein Kellerloch drückte. Glaube mir, Carla, ich habe in dieser Zelle mehr als einmal an Selbstmord gedacht und hätte es wohl auch versucht, wenn mich nicht am dritten Tag ein Polizeibeamter wieder aus diesem Loch herausgeholt hätte."

Jakob hielt seine Hände ruhig im Schoß gefaltet, den Blick gesenkt. „Wenn neue Gefangene auf die Insel kamen, wurden sie erst mal von den SA-Leuten zusammengeschlagen, damit sie gleich wussten, was sie zu erwarten hatten. Mit den Gummiknüppeln haben sie die Häftlinge ums Fort getrieben. Es hat ausgesehen, als hätte es den Wärtern Spaß gemacht. Einen anderen Sinn konnte ich darin nicht erkennen, nur ihren Spaß an der Brutalität. Wir waren den Launen der Wachleute machtlos ausgesetzt. Mit jedem Schichtwechsel hofften wir, dass es wenigstens ein paar ruhige Stunden für uns geben würde. Ich habe viele Männer gesehen, die wie Kinder nach ihren Müttern schrien und weinten. Ich werde das alles nie vergessen."

Carla schloss die Augen. In ihrem Kopf tobten Bilder, denen sie kaum gewachsen war. Zusammengesackt hockte sie auf dem Boden, in ihren Ohren rauschte das Blut, sonst war alles still. Die Dämmerung ließ das Licht im Raum weichen. Es war kalt geworden.

Jakob sah zu der Wiege hinüber, in der die kleine Anna lag. Sie war eingeschlafen. Ihr Atem ging gleichmäßig und leise.

Sein Kind, dachte er. Hier lebte er nun. Wie ruhig sein Leben doch geworden war. Früher hatte er gekämpft und sich lauthals über die Ungerechtigkeiten dieser Welt empört. Sein Zorn hatte sich gegen alle gewandt, die ihre Macht nutzten, um Schwächere zu unterdrücken, und nun? Was ist aus mir geworden, fragte er sich schwach. Nur noch ein Bündel ständig unterdrückter Angst.

Den Zorn gab es nicht mehr. Jakobs Kraft war verschwunden. Die Zeit, die Monate im KZ, die Insel: das alles hatte ihn gebrochen. Er fühlte sich nur noch schwach. Würde es für ihn jemals wieder eine Zeit geben, in der er sich dem Leben mit neuem Mut stellen konnte?

Er glaubte nicht daran.

„Wann wurdest du wieder freigelassen?", fragte Carla leise.

„Anfang Januar 1934. Ich weiß nicht warum, aber das Lager wurde plötzlich geschlossen. Vielleicht lag es an dem Mithäftling, der eines Morgens tot in seiner Zelle gehangen hatte. Die SA-Leute hatten ihn am Abend zuvor stundenlang verhört. Auf ihre Weise. Seine Schreie waren trotz der meterdicken Wände der Einzelzelle nur allzu deutlich zu hören. War es wirklich Selbstmord gewesen, wie behauptet wurde? Wir konnten das alle nicht glauben. Dann wurde das Lager unvermittelt aufgelöst. Manche wurden nach Sachsenhausen verlegt, andere freigelassen. Ich hatte Glück, wenn man das so sagen darf. Ich wurde zusammen mit ein paar anderen Häftlingen von einem Schiff abgeholt und dann mit der Bahn zurück in die Heimatstadt gebracht. Die Gestapo hat uns dann noch verhört und eindringlich gewarnt, dass wir uns in Zukunft den Regeln des Reiches entsprechend zu verhalten hatten, sonst würde uns ein Todesurteil drohen. Ich musste mich noch längere Zeit regelmäßig melden. Dann empfanden sie mich wohl als ausreichend eingesc hüchtert und ich brauchte nicht mehr zu kommen. Vielleicht lag es auch daran, dass sie es längst auf andere abgesehen hatten. In meiner Heimatstadt wollte ich nicht mehr bleiben. Überall trafen mich diese anfeindenden Blicke und auf einmal hingen Hakenkreuzfahnen aus den Fenstern, in jenen Straßen, in denen ich noch zuvor Flugblätter verteilt hatte. Ja, so schnell war das gegangen. Meine Mutter und meine Schwester mussten die Wohnung verlassen, weil ich im KZ gewesen war. Über ein Jahr bin ich noch in der Stadt geblieben, habe versucht, Arbeit zu finden. Hier und da gab es Gelegenheitsbeschäftigungen, aber es hat mich seltsamerweise zurückgezogen nach Langlütjen. Ich hatte noch nicht damit abgeschlossen. Immer, wenn sie uns morgens zum Rundgang rausgeführt hatten, habe ich auf dem Außenwall gestanden und zum Festland geschaut.Es erschien mir so nah. Zwei Kilometer, vielleicht auch ein bisschen mehr. Bei klarer Sicht konnte ich die Schafe auf dem Deich erkennen. Mehr als einmal habe ich mit dem Gedanken gespielt, einfach bei Ebbe über das Watt zu laufen. Sie hätten mich ohne zu zögern erschossen, das weiß ich. Ich habe mich gefragt, ob man uns Häftlinge wohl von der Küste aus sehen konnte? Ob uns die Einwohner, vom Deich aus, manchmal beobachteten und was wohl ihre Gedanken waren. Auch deswegen bin ich hierhergezogen, um eine Vorstellung von der anderen Seite zu bekommen. Von dieser Perspektive. Verstehst du? Und noch was, Carla: Wenn man auf dieser Seite steht, dann erscheint einem die Insel viel weiter weg. Das hat mich irgendwie beruhigt. Ihr hättet uns gar nicht sehen können."

Jakob stützte den Kopf auf seine Hände. „Nein, gar nicht, da bin ich mir sicher."

Carla saß reglos vor ihrem Mann. Sie betrachtete ihn unsicher. Dann kam sie nach minutenlangem Ringen mit sich selbst zu dem Schluss, ihm niemals, wirklich niemals zu erzählen, dass sie sehr wohl etwas von den Geschehnissen auf Langlütjen mitbekommen hatten. Was würde ihm das helfen?

Mai 1989

Ich wusste nun, dass vier Monate lang auf Langlütjen ein KZ gewesen war. Eines von diesen, die damals in Deutschland angelegt wurden, um politische Gegner auszuschalten und die Bevölkerung einzuschüchtern.

Noch kein Vernichtungslager.

Ich las die Namen der Gefangenen, einmal, zweimal, zehnmal durch. Was war mit ihnen nach ihrer Freilassung geschehen? Eine Fahrkarte zurück nach Hause, eine strenge Verwarnung, und dann? Jahre später kam der Krieg und sicherlich wurden viele von ihnen eingezogen, um an der Front zu kämpfen – diesmal für die Idee ihrer früheren Widersacher.

Ich legte das Buch beiseite und starrte zur Decke.

Auf einmal hatte ich doch die Befürchtung, dass mich dieses Thema überforderte. Ich dachte, was für eine Anmaßung, dass ausgerechnet ich mit meinen einundzwanzig Jahren über die Gefühle der Menschen nachdachte, die in einer Zeit gelebt hatten, die so überdimensional und erschreckend war, dass ich gar nicht wusste, wo ich zuerst hinschauen sollte. Im Grunde wusste ich kaum etwas über diese Zeit. Ich konnte nur einen ersten unsicheren Blick darauf werfen. Einen Blick auf diesen einen kleinen Ausschnitt: Eine Insel, ein frühes KZ und das Schweigen in der nahen Umgebung.

Was hatte man damals noch ungestraft sagen dürfen? Wem konnte man sich noch gefahrlos mitteilen?

Wie hätte ich mich wohl verhalten? Ich war schon in dieser Zeit ein Feigling. Wie feige wäre ich wohl damals gewesen?

Diese Inseln und ihre Geschichte hatten mich geweckt. Zum ersten Mal gelang es mir, über die eigenen engen Grenzen meines Lebens hinauszuschauen. Ich sah in eine Zeit zurück, von der ich dachte, sie hätte so gar nichts mit meinem Leben zu tun, und musste feststellen, dass ich mich in diesem Punkt irrte. Die Auseinandersetzung mit der Vergangenheit bewegte mich. Und endlich wagte ich, nach vorn zu schauen, in meine eigene Zukunft.

„Marie, ich muss dich sprechen. Ich könnte in einer Stunde da sein."

„In Ordnung."

Sie lachte fröhlich ins Telefon.

„Wollen wir uns am Strand treffen? Dort ist ein alter Pier. Du kannst ihn gar nicht übersehen." Sie zögerte einen Moment. „Du hast mir gefehlt", hörte ich sie sagen, „ich dachte schon, du würdest dich nicht mehr melden."

„Ich habe Neuigkeiten, die werden dich sicher interessieren."

Als ich wenig später den Strand erreichte, saß Marie mit geschlossenen Augen auf einer Holzbank und hielt ihr Gesicht in die Sonne.

Hinter ihr lag der Hafen. Riesenkräne löschten ein Containerschiff, groß wie ein mehrstöckiges Haus.

„Hey."

Ich berührte sanft ihren Arm.

Marie öffnete langsam die Augen und lächelte mich an.

„Schön, dich zu sehen. Ist es nicht ein wunderbarer Tag heute?"

„Ja", sagte ich und setzte mich neben sie.

Marie rückte dicht an mich heran. Ich legte beide Arme um sie und vergrub mein Gesicht in ihrem Haar. Maries Haut roch so wunderbar, nach ihrem ganz eigenen, besonderen Duft und Sonne. In ihrem Nacken war es kühl. Ich ließ meinen Mund dort eine Zeit verweilen. So saßen wir lange und sprachen kein Wort. Der Stahlkran im Hafen quietschte über die Schienen und ließ von Zeit zu Zeit donnernd rostige Container zu Boden fallen. Sanft plätscherten die Wellen gegen die Pfosten des Piers.

„Komm", sagte Marie, „gehen wir ein Stück. Ich bin neugierig, was du zu erzählen hast."

Arm in Arm schlenderten wir durch den feuchten Sand. Die breite Flussmündung verabschiedete das Wasser hinaus ins Meer und gab minütlich mehr von ihrem schwarzen schlickigen Untergrund preis. Ich weitete meine Nasenflügel.

„Das ist so ein Geruch", sagte ich zögerlich, „der mich an irgendetwas erinnert." Ich zögerte. „Jetzt weiß ich!", rief ich aus. „So riecht es in der Stadt aus den Gullys."

Marie hielt ihre hübsche Nase in den Wind.

„Ja, richtig. Nun, wo du es sagst. Ich habe mich im Laufe der Jahre so sehr an diesen Geruch gewöhnt, dass er mir gar nicht mehr auffällt."

„Hast du darin auch gebadet?", fragte ich sie und beobachtete, wie das braune Wasser ans Ufer schwappte.

„Natürlich, was denkst du denn? Wir haben alle darin gebadet. Aber keine Sorge. Wir sind hier immun."

„So immun, dass für euch ein Konzentrationslager auf Langlütjen kein Thema ist?"

Marie löste sich abrupt aus meinem Arm und schaute mich ein paar Sekunden lang forschend an. Dann sah sie hinaus aufs Wasser und presste die Lippen aufeinander.

Ihre Reaktion überraschte mich. Ich hatte sie nicht beleidigen wollen. Vorsichtig berührte ich ihre Schulter, doch Marie entzog sich mir.

„Es stimmt also", sagte sie mit fremder Stimme und sah zu Boden, um mit der Fußspitze kleine Furchen in den Sand zu ziehen.

„Ja, es stimmt und es war auch gar nicht so schwierig herauszufinden." Ich schaute Marie fast schon ein wenig vorwurfsvoll an, als ich weitersprach. „Ich verstehe das nicht, vielleicht kannst du mir weiterhelfen. Da ist dieses Buch über die Inseln erschienen, vor gut zwei Jahren. Es muss doch bei seinem Erscheinen ein Interesse in eurer Stadt gefunden haben. Hast du nie etwas davon gehört?"

„Nein!" Marie wurde laut. „Habe ich nicht!"

Ich war beunruhigt. Am Ufer brachen sich schäumend die Wellen. Eine Touristenbarkasse war vor wenigen Minuten Strom abwärts gefahren und hatte sie verursacht. Während die Wellen nun langsam wieder abebbten, versuchte auch ich, die Wogen zwischen uns zu glätten.

„Marie ...", sagte ich leise und legte meinen Arm um ihre Schultern, „ich wollte dich wirklich nicht ..."

„Schon gut."

Ihre Schultern waren verkrampft. Aber sie entzog sich mir nicht.

Verunsichert und ratlos stand ich neben ihr. Mir wurde deutlich bewusst, wie sehr es mir in diesem Moment an der nötigen Erfahrung fehlte. Ich hatte keine Ahnung, wie ich mit der Situation umgehen sollte. Ich betrachtete Maries Gesicht von der Seite und erkannte die ersten tieferen Fältchen und kam mir plötzlich sehr jung vor. Wie konnte ich diese Frau nur so leichtsinnig und unbedarft herausfordern, um dann festzustellen, dass ich dem gar nicht gewachsen war?

Das Schweigen zwischen uns wurde unerträglich.

„Marie", sagte ich noch einmal fast flehentlich, „bitte sag doch etwas."

Aufgebracht drehte sie sich um und sah mich an.

„Weißt du was", sagte sie und ihre Stimme klang hart, „ich bin hier geboren und aufgewachsen. Hier, in dieser Kleinstadt, diesem Kaff. Ich bin wie alle Menschen hier, zumindest ein Teil von mir ist so, leider. Es gab bei mir zu Hause nur sehr wenige Themen, über die wir sprachen, wenn wir denn überhaupt mal miteinander sprachen. Aber mit Sicherheit gab es sehr viele Themen, über die strikt kein Wort verloren wurde, die absolut tabu waren. Das wirst du vielleicht nicht verstehen und ich kann es dir auch nur schwer beschreiben – es ist eben eine kleine, enge Welt hier und sie beeinflusst mein Leben offensichtlich noch heute." Marie holte Luft und ging in die nächste Runde. „Du wirst es wahrscheinlich nicht glauben, vielleicht verurteilst du mich auch deswegen, aber die Dinge, über die wir nicht sprachen, die gab es für mich auch nicht. Mein Leben war schlicht und übersichtlich und so hatte es auch zu sein. Wer zu viele Fragen stellte, galt als anders, im abwertenden Sinne", sagte sie, „wer will schon anders sein? Meine Güte, ich bin auf einem Bauernhof groß geworden. Weißt du, was das bedeutet? Weißt du, wie meine Eltern sind? Oder waren?" Marie biss sich auf die Lippen und schüttelte den Kopf. „Zu viele Fragen – nicht erwünscht. Die Schule war wichtig, doch nur in soweit, dass man sie möglichst schnell mit irgendeinem Abschluss zu Ende bringt, anschließend eine Ausbildung und dann bitte möglichst zur Familiengründung schreiten. Dann bist du ein gelungenes Kind. Daran haben meine Eltern eine erfolgreiche Erziehung gemessen – und nicht nur meine."

Marie trat verbittert gegen einen leeren Kanister, der zwischen Seetang und Strandgut hervorragte. Das Geräusch klang dumpf. Schließlich nahm sie einen kleinen Stein auf und warf ihn im hohen Bogen in den Fluss, dann noch einen. Ich bückte mich, hob einen dicken Stein auf und übergab ihn ihr schweigend. Marie schaute mich überrascht an, dann nahm sie den Stein und warf ihn mit einem lauten befreienden Schrei ins

Wasser. Wir sahen uns an und begannen beide zaghaft darüber zu lächeln. Maries Schultern entspannten sich.

„Ich war dreiundzwanzig Jahre alt", erzählte sie, „da habe ich es endlich geschafft, dieses elende Dorf zu verlassen. Ich habe in Berlin in einer WG gewohnt und meine Mitbewohner haben sich darüber amüsiert, wie ich, das Landei, über die große Welt staunte. Ich habe mich richtig ausgetobt, das kannst du mir glauben. Vier Jahre lang habe ich mich hier nicht mehr sehen lassen. Ich konnte es nicht mehr aushalten. Schon der Gedanke, hier zu sein, hat mich erstickt." Marie sah mich lange an. „Ja, das ist meine Geschichte und glaube mir, von diesem Konzentrationslager habe ich nichts gewusst. Da war nur eine Vermutung aufgrund von Gemunkel. Meine Eltern haben nie darüber gesprochen und meine Großeltern erst recht nicht. Ich weiß nicht, ob irgendjemand was darüber gewusst hat."

Sie wirkte erschöpft.

„Ich wollte dir nicht weh tun", sagte ich leise.

„Schon gut. Manchmal ist es richtig, einen Spiegel vorgehalten zu bekommen. Auch wenn einem der Anblick nicht gefällt."

Ich zog Marie die kleine Düne hinauf. Hier oben war der Sand warm und trocken. Ohne uns loszulassen, fielen wir einfach um. Wir hielten uns fest und lauschten dem leisen Plätschern der Wellen und dem fernen Donnern der Stahlcontainer im Hafen.

Irgendwann piekste mich der Strandhafer so unerträglich durch das T-Shirt, dass ich mich aufrichtete. Ich entfernte einen vertrockneten Halm, der im dünnen Stoff festsaß.

„Möchtest du, dass ich dir davon erzähle?", fragte ich.

Marie nickte.

„Gut."

Ich sah auf den Fluss und überlegte, wie ich beginnen sollte. Ich drehte den Halm zwischen meinen Fingern und betrachtete eine Möwe, die durch den Schlick watete. Sie hatte ein kleines aufgeweichtes Stückchen Brot im Schnabel. Plötzlich segelte eine zweite Möwe im Sturzflug heran und schnappte ihr die Beute aus dem Schnabel. Die Möwe schimpfte kreischend und stieß sich vom Schlickboden ab, um die Verfolgung aufzunehmen. Ich sah den Vögeln nach. Schon bald waren sie über dem Wasser verschwunden.

Marie nahm meine Hand und schaute mich verwundert an.

„Was ist? Warum sagst du nichts?"

„Ich weiß nicht, wo ich beginnen soll. Was ist wichtig? Ist diese Inselgeschichte überhaupt für jemanden wichtig, außer für uns beide?"

Ich schüttelte gequält den Kopf.

„Ich frage mich das seit gestern und gleichzeitig kann ich es kaum ertragen, dass ihre Geschichte in den feuchten, düsteren Kasematten der Festung begraben liegt und niemanden kümmert es."

Ich fühlte, wie Marie den Arm um meine Schultern legte. Ihre Hand drückte mich leicht.

„Du vermutest, dass es niemanden interessiert", sagte sie leise, „doch ich glaube, jemand muss es nur mal erzählen – so wie du mir. Ich war schon tausend Mal auf der Insel. Als Kind habe ich zwischen den Bunkern Verstecken gespielt und als Teenager bin ich zum Knutschen dort hingegangen. Wenn du mit so etwas wie Langlütjen aufwächst, es beinahe täglich siehst und dann mit der ihm anhaftenden schrecklichen Tatsache konfrontiert wirst, ist das sehr verwirrend."

Marie schwieg. Die Linie um ihren Mund vertiefte sich. Sie schien über etwas nachzudenken.„Einmal", sagte sie zögerlich, „habe ich meine Mutter gefragt, ob dieser Schriftzug am Bunker der Wahrheit entspricht. Der steht da schon recht lange, weißt du? Da ist sie auf einmal richtig böse geworden. Das ist nichts, worüber wir sprechen sollten, hat sie mir scharf entgegnet und damit war das Thema für sie beendet. Ich habe es auch tatsächlich nie wieder gewagt zu fragen."

Marie schaute mich mit traurigen Augen an. „Es gab mal

diese Zeit, in der man für Worte verhaftet wurde und Schweigen einfach sicherer war. Vielleicht schweigen die einen, weil sie ihre Taten und Gedanken damit leugnen wollen, aber viele, so denke ich, könnten ganz einfach den Schmerz nicht aushalten, den das Darübersprechen mit sich bringen würde."

Ich nickte.

„Was willst du nun tun?", Marie streichelte sanft meinen Hals. „Willst du dich nur über uns Kleinstädter empören?"

„Ich will die Geschichte der Inseln aufschreiben – für andere, vielleicht jüngere Menschen. Damit sie den Mut finden, das Schweigen in ihren Familien aufzubrechen."

Marie sah mich an.

„Das ist unglaublich!", hörte ich sie sagen. „Das ist toll."

Ich spürte, wie ich rot wurde. Maries Begeisterung bestärkte mich.

„Ich weiß nur nicht, ob ich es kann", warf ich unsicher ein.

„Ach", fegte Marie meine Zweifel weg, „probiere es erst mal aus."

„Gut", sagte ich voller Tatendrang und stand auf, um mir den Sand von der Hose zu klopfen.

„Wie wirst du es angehen?" Marie blinzelte gegen die Sonne.

„Als Erstes werde ich zu der zweiten Insel hinüberwandern, übers Watt. Kommst du mit?"

Marie wurde bleich.

„Nein, nein", sagte sie, „das musst du ohne mich machen."

„Na gut."

Mich verwunderte ihre Ablehnung ein wenig.

Marie wich meinem Blick aus.

Sie wird ihre Gründe dafür haben, dachte ich.

Januar 1954

Anna saß auf dem Sofa der kleinen Wohnstube. Es war der Tag nach ihrem achtzehnten Geburtstag. Auf ihren Knien lag eine unerledigte Näharbeit. Sie täuschte vor, aus dem Fenster zu schauen, doch stattdessen ruhte ihr Blick, wie schon so oft, nachdenklich auf ihrem Vater. Ein Berg von einem Mann, zusammengesunken auf seinem Sessel. In seiner Hand immer ein Buch, in dem er vorgab zu lesen, um nicht gestört zu werden. Doch er las nicht, er starrte nur. Anna wusste es. Er schlug nie eine Seite um, solange sie ihn auch beobachtete. Wo war er nur? Sie kannte ihren Vater nicht anders, nur so. Er war da und doch nicht. Sie konnte ihn nicht begreifen.

Selten sprach er von sich aus. Sie musste ihn schon nach etwas fragen. Erst dann huschte ein Hauch von Leben über sein Gesicht und verschwand, noch bevor er seine Antwort ganz ausgesprochen hatte. Anna machte das traurig. Sie sehnte sich nach einem Vater, der stark war, der sie schützte, aber das bekam sie von ihm nicht. Er ging seiner Arbeit nach, versorgte die Familie und wenn das Abendessen beendet war, setzte er sich auf seinen verschlissenen Sessel am Fenster, nahm ein Buch in die Hand und war irgendwo anders. Nur wo, das wusste Anna nicht und sie wagte es auch nicht, ihn danach zu fragen. Ihr Vater war der Mann, der die Zeit reglos am Fenster verbrachte, die Abende, die Wochenenden, sein Leben. Sie brauchte nicht nach ihm zu suchen, sie fand ihn immer dort. Nur Sonntagnachmittags ging er allein eine Stunde auf dem Deich spazieren. Manchmal lief sie ihm heimlich nach, dann sah sie ihn auf einer Bank sitzen und aufs Wasser schauen.

In letzter Zeit schlich Anna sich manchmal abends fort, an seiner Stube vorbei. Er bemerkte es nicht. Kam sie später als erwünscht nach Hause, so saß er noch immer dort, doch eine angemessene väterliche Reaktion blieb aus, obwohl er ihren Ungehorsam doch bemerken musste.

Vor ein paar Wochen hatte Anna erstmals einen jungen Mann mit nach Hause gebracht. Damit hatte sie etwas sehr Verbotenes getan. Als sie mit jenem Mann in der Tür stand, um ihn ihren Eltern vorzustellen, war der Vater aus seinem Sessel aufgesprungen und einige Schritte hin und her gelaufen, wie ein in die Enge gedrängtes Tier, das sich nicht zwischen Flucht und Angriff entscheiden konnte. Dann hatte er schließlich mit einiger Überwindung den jungen Mann mit einem scheuen Händedruck begrüßt und war zur Verwunderung aller für den Rest des Tages verschwunden.

So war ihr Vater und er war es schon, solange sie denken konnte.

Anna legte die Handarbeit beiseite und stand auf.

„Soll ich dir einen Tee machen, Vater?“ Anna hatte Geduld. Es dauerte eine Weile, bis er aufsah und sie mit einem verwirrten Blick bedachte. Schließlich schüttelte er nur den Kopf. Dann verschwand seine Aufmerksamkeit wieder in der Leere der Zeilen vor seinen Augen.

Juni 1989

An diesem Abend hatte ich ein ganz besonderes Erlebnis.

Ich saß zusammen mit Marie, ihrem Vater und ihrer Großmutter am Esstisch.

Ich kann nicht sagen, dass ich es genoss. Die ganze Situation war eher seltsam. Ich war mir durchaus bewusst, dass dies ein besonderes und für mich ehrenhaftes Ereignis war. Marie hatte mir verraten, dass es seit ihrer Rückkehr das erste Mal war, dass sie jemanden zu Hause vorstellte, und mit einem Lachen hatte sie hinzugefügt, dass sie fest daran glaubte, dass ich dem gewachsen sei. Dieser Abend sei in gewisser Weise die Tauglichkeitsprobe unserer Beziehung: Wenn ich sie nach diesem gemeinsamen Abend mit ihrem Vater und der senilen Großmutter nicht verlassen würde, wäre sie überglücklich und empfände das als einen riesengroßen Beweis meiner Gefühle für sie.

Ich hatte darüber lachen müssen. Doch nun, ein paar Stunden später, wurde mir nur allzu bewusst, was sie damit meinte.

Die Stimmung in diesem düsteren Wohnzimmer lastete so schwer auf meinen Schultern, dass ich Mühe hatte, aufrecht sitzen zu bleiben. Maries Großmutter jammerte, woran ich mich noch einigermaßen schnell gewöhnte. Viel schlimmer war ihr Vater, der mich unentwegt grimmig musterte und keinen Hehl daraus machte, dass ich in seinem Haus nicht willkommen war.

Nervös rutschte ich auf meinem Stuhl hin und her, hoffte, dass Marie bald mit dem Essen aus der Küche zurückkehren würde. Ich wollte mit diesen beiden seltsamen Menschen nicht allzu lange allein bleiben. Ich spielte mit den Kordeln der Tischdecke herum und versuchte ein unsicheres Lächeln. Das war also Maries Familie und damit im Großen und Ganzen der Inhalt ihres derzeitigen Lebens. Mich wunderte es plötzlich gar nicht mehr, dass sie so gern mit mir, elf Jahre jünger, zusammen war. Ich repräsentierte das absolute Gegenteil von dem, was hier geschah.

Endlich betrat Marie das Zimmer und erlöste mich von den Blicken ihres Vaters. Sie hielt eine dampfende Auflaufform in den Händen und strahlte über das ganze Gesicht. Als sie das Essen auf den Tisch stellte, zwinkerte sie mir zu. Ich sah zu ihrem Vater hinüber und lächelte gequält. Wie eine Mutter, die ihre Großfamilie versorgte, nahm sie den Küchenfreund zur Hand und stach in das Kartoffelgratin. Sie befüllte die Teller, streichelte ihrer Großmutter über die Wange und wünschte uns allen einen guten Appetit.

Ich wollte ebenfalls allen einen guten Appetit wünschen, doch mir versagte die Stimme. Also widmete ich mich ganz dem Essen, verbrannte mir an den Kartoffeln den Mund und musste hektisch zum Mineralwasser greifen. Maries Vater sah nur kurz auf und brummte irgendetwas. Ich beobachtete, wie er im Gegensatz zu mir problemlos und fast schon demonstrativ die dampfenden Kartoffelscheiben in seinem Mund verschwinden ließ.

Ich schaute zu Marie, die mich versonnen mit einem Blick anlächelte, der wärmer als das Essen auf meinem Teller war. Dann schnitt sie die Kartoffeln in winzig kleine Stücke, pustete kühlend darauf und schob den Teller ihrer Großmutter hin, erst dann wandte sie sich ihrem eigenen Essen zu. Sie sah so schön und anmutig aus. Wie kam solch eine Familie zu so einer strahlenden Frau? Oder besser gesagt, wie konnte sie sich nur ihr Licht, ihren Glanz in diesem düsteren Haus bewahren? Gern hätte ich ihre Mutter kennengelernt.

„Schmeckt es dir?“, wollte Marie wissen.

Ich vermutete, dass sich ihre Frage nicht allein aufs Essen bezog.

„Ja, sehr“, antwortete ich und war froh darüber, dass ich meine Stimme wiedergefunden hatte.

Ich lächelte Marie an und schob mir wie zum Beweis einen extragroßen Bissen in den Mund.

„Schmeckt es dir auch, Paps?“

„Hm“, brummelte er und machte sich nicht einmal die Mühe, seine Tochter anzusehen, „könntest ruhig öfter kochen. Immer dieses Essen auf Rädern, das Oma bekommt, das ist doch nichts.“

„Ja, ja“, sagte Marie ungerührt.

„Und du, Oma? Nimm noch ein Stückchen Kartoffel.“

Die alte Frau reagierte nicht, woraufhin Marie leise seufzte.

„Immerhin hat sie überhaupt etwas gegessen.“

Ich trank einen Schluck Rotwein und bemerkte mit einem

Mal, dass Maries Vater mich beobachtete. Er tat das so auffällig, dass mir unwohl wurde. Ich zwang mich zu innerer Gelassenheit und aß weiter.

„Was machen Sie eigentlich?“, fragte er mich plötzlich.

Mir wurde schlecht. Die Kartoffeln lagen plötzlich wie Steine in meinem Magen. Ich sank auf meinem Stuhl zusammen.

Er wurde noch direkter. „Was machen Sie beruflich?“

„Nichts“, sagte ich.

Die Wanduhr tickte.

Ich schaute zu Marie, die mich lächelnd bestärkte.

„Sie sind arbeitslos?“

„Ja.“

„Keinen Beruf?“

„Nein.“

„Aha.“

Damit war das Gespräch für ihn beendet und er widmete sich wieder seinem Teller. In seinem Blick erkannte ich Genugtuung. Er hatte es ja von Anfang an gewusst. Ich taugte nichts.

Auf einmal geschah etwas in mir. Es rollte langsam und unaufhaltsam von tief unten aus meinem Bauch bis nach oben und wollte sich Luft verschaffen. Ich kannte dieses Gefühl genau und ich mochte es nicht besonders. Es brachte mir meistens Ärger ein.

„Sagen Sie mal, Herr Hoffmann“, hörte ich mich sagen und meine Stimme klang mir seltsam fremd, „wussten Sie eigentlich, dass auf Langlütjen ein KZ war?“

Aus dem Augenwinkel bemerkte ich, dass Marie gespannt die Luft anhielt.

Ihr Vater blickte mir scharf in die Augen. Er forschte darin, immer tiefer, als wollte er mich, wie beim Kräftemessen, mit seinem Blick zu Boden ringen. Doch ich hielt stand.

„So ein Unsinn!“, bellte er dann. „Wie kommen Sie darauf? Hier war nichts! Das wüsste ich! “

„Nein, nein“, sagte ich freundlich, „Sie irren sich. Es war so, das können Sie mir glauben. Gleich hier, drei Kilometer von Ihrem Esstisch entfernt war ein KZ. Haben Sie das nicht gewusst?"

Er presste die Lippen aufeinander und schwieg.

Ich sprach weiter.

„Sie können es in einem Buch nachlesen. Auf Langlütjen war für vier Monate ein KZ. Ein frühes KZ für politische Häftlinge, SPD-Leute und Kommunisten. Von September 1933 bis Januar 1934. Wirklich nie davon gehört?"

Er legte geräuschvoll die Gabel beiseite, faltete die Hände und starrte auf seinen Teller.

„Hier war nichts", wiederholte er und es schien, als wollte er sich selbst überzeugen. „Das weiß ich."

Dann schwieg er und schien das erste Mal wirklich über meine Worte nachzudenken.

Marie war von der Szenerie fasziniert. Gebannt schaute sie zwischen uns beiden hin und her, als würde ihr das beste Theaterstück seit Jahren präsentiert.

„Und selbst wenn das so war", sagte ihr Vater plötzlich, „was macht das schon? Das ist doch lange her. Das waren andere Zeiten damals. Ihr jungen Leute könnt da gar nicht mitreden."

Er schaute mich mit einem einzigen großen Vorwurf an.

Ich schwieg.

„Mein Vater kam nicht aus dem Krieg zurück", fuhr er mit erregter Stimme fort, „mit vierzehn musste ich schon die Familie durchbringen. Ich hab gearbeitet wie ein Mann in meinen jungen Jahren. Und es hat mir nicht geschadet. Und meine Mutter ... " Er winkte ab, um im selben Moment energisch mit dem Zeigefinger auf mich zu deuten. „Ihr wisst doch heute gar nicht mehr, was Arbeit ist. Meine beiden kleinen Schwestern musste ich ernähren und ... meine Mutter. Die ist dann auch noch verrückt geworden in dieser verdammten Zeit. Keiner weiß, wieso. Wisst ihr was das bedeutet? Da wird man schnell zum Mann, das kann ich euch sagen." Er wurde lauter und steigerte sich geradezu in seine Erregung hinein. „Jetzt wollen Sie von mir wissen, warum ich nichts von diesem KZ auf Langlütjen wusste? Verdammt noch mal, weil ich andere Sorgen hatte. Sorgen, die kein Ende nahmen. Mein Vater war an die Front berufen worden. Vom Krieg wollte der eigentlich gar nichts wissen und auch nichts von den Nazis. Er wäre lieber bei uns zu Hause geblieben, das könnt ihr mir beide glauben. Doch was hat es genützt? Nichts!“ Er lehnte sich erschöpft zurück. Seine Stimme war belegt, als er sagte: „Gestorben ist er, irgendwo in der Gefangenschaft in Russland.“

Ich atmete geräuschvoll aus und sah zu Marie. Doch sie schaute nur fassungslos zu ihrem Vater, als hätte sie noch nie so viele Worte an einem Stück von ihm gehört.

„Herr Hoffmann“, sagte ich schließlich. „Es stimmt, ich weiß nichts von dem, was Sie erlebt haben, weil ich das Glück habe, heute zu leben, aber ich bitte Sie, mich oder meine Generation nicht dafür zu verurteilen. Nennen Sie uns vielleicht verweichlicht oder verwöhnt. Unsere Probleme heute sind andere.“ Ich hielt inne und dachte nach. „Sie sagen, Sie haben von dem KZ nichts gewusst und Sie hatten andere Sorgen, damals, aber wie denken Sie heute darüber? Ist es nicht ein Teil unserer Geschichte? Die Geschichte ihrer Heimat insbesondere? Sollten wir nicht dafür sorgen, dass es nicht vergessen wird?“

Herr Hoffmann war still. Er sah müde aus.

Ich war nun auch still.

Dann nickte er, stand auf und ging zur Vitrine. Er nahm eine Flasche Cognac und drei Gläser heraus.

Ich hatte noch nie Cognac getrunken.

Er schenkte ein. Dann fragte er: „Interessiert es euch wirklich, was wir damals erlebt haben?“

Und Marie sagte: „Du hast noch nie darüber gesprochen. Ich höre das alles zum ersten Mal. Und es interessiert mich!“

Zwei Stunden später schlenderten wir leicht betrunken Arm in Arm durch die Nacht. Es war eine klare, kühle Nacht. Der

Cognac und das Gespräch hatten unsere Gemüter erhitzt. Maries Vater mit Langlütjen zu konfrontieren, hatte Mut erfordert und am Ende eine solch unerwartete Nähe und Offenheit zwischen uns Dreien ausgelöst, das wir in ausgelassener, bewegter Stimmung waren.

Ich kletterte über einen Weidezaun am Fuße des Deiches.

„Komm!", rief ich und streckte meine Hand nach Marie aus.

Sie kicherte leise. Sie machte Anstalten, mir über den Zaun zu folgen.

„Mist! Ich hänge am Stacheldraht fest", hörte ich sie schimpfen.

Dann machte es „plopp", der Draht vibrierte zwischen den Pfählen und Marie war wieder frei. Lachend ergriff sie meine Hand und wir stürmten den Deich hinauf.

„Ich glaube, ich habe Schafköttel unter der Sohle." Ich wischte erfolglos meinen Turnschuh im Gras ab. „Das fühlt sich so komisch weich an."

„Macht nichts. Gleich kleben sie überall an dir."

Übermütig versuchte Marie mich umzuwerfen, was ich natürlich nicht zuließ. Wie Kinder, die herausfinden wollten, wer der Stärkere ist, rangelten wir eine Weile miteinander. Nach einiger Zeit hielten wir müde inne und sahen uns an. Ich küsste Marie auf die Stirn.

„Schau mal!", rief ich plötzlich und sah über ihre Schulter hinweg auf die Salzwiesen, die sanft vom dunklen Wasser umspült wurden. „Das Meer ist da."

„Nein, das gibt es doch gar nicht."

Marie machte sich über mich lustig. Sie zeigte auf eine Bank in unserer Nähe.

„Wollen wir uns dort hinsetzen und aufs Wasser schauen?"

In diesem Moment konnte ich mir nichts Schöneres vorstellen. Wir ließen uns auf der Bank nieder und hielten uns fest.

Das Wasser rauschte über die Wiesen und wir betrachteten schweigend, wie sich das hohe Schilfrohr im Nachtwind wiegte.

Wie Buckel von schwarzen Riesen schauten die Inseln aus dem Meer. Alles schien so friedlich und wunderschön, dass ich mich plötzlich sagen hörte:

„Ich möchte hier leben. Ich möchte jeden Abend einen Spaziergang zu dieser Stelle machen. Ich möchte hier sitzen können und einfach nur schauen. Es ist bestimmt jedes Mal anders, aber jedes Mal schön, vor allem, wenn du dabei bist."

Marie strich mir nachdenklich durch das Haar. Ich glaube, sie überlegte, ob ich es wirklich ernst meinte.

Ich wusste es ja selbst nicht genau.

„Das stelle ich mir schön vor", sagte sie dann leise. „Ich könnte dir eine kleine Dachwohnung besorgen, gleich in der Nähe unseres Hauses. Da kannst du in Ruhe an deiner Geschichte arbeiten und jeden Tag einen Blick auf die Inseln werfen. Zwischendurch komme ich vorbei und mache dir einen Tee und was zu Essen. Was hältst du davon?"

„Marie", sagte ich und sah sie lange an.

Und auf einmal fand ich den Blick aufs Meer blass und langweilig gegen sie. „Ich liebe dich."

Marie schloss die Augen. Dann küsste sie mich hastig auf den Hals, ins Gesicht und überall hin.

„Wann wirst du mit der Geschichte anfangen?", fragte sie nach einer Weile leise. „Soll es ein Roman werden?"

Ich zuckte mit den Schultern.

„Ich weiß noch nicht. Es ist so schwierig. Ich fürchte, ich kann das eigentlich gar nicht."

„Natürlich kannst du es", drängte sie. „Fang einfach an. Schreibe es auf. Etwas so Schwieriges anzufangen und zu Ende zu bringen, wird dir eine Kraft geben, die dir niemand mehr nehmen kann. Wenn du das geschafft hast, kannst du auch alles andere schaffen."

Ich reagierte nicht, starrte nur schweigend hinaus aufs Wasser. Maries Worte klangen überzeugend und gut – doch sie erreichten mich in diesem Moment nicht. Stattdessen sagte ich:

„Bisher habe ich noch nie viel mehr als meinen Namen geschrieben. Und diese Inselgeschichte ist ein sehr schwieriges Thema. Wie soll ich es anfangen? Es bringt schließlich nichts, nur die Fakten zu wiederholen. Wie soll ich einen Roman schreiben? Wie geht das? Ausgerechnet ich, der Mensch, der noch nichts von dem, was er angefangen hat, zu Ende brachte, soll einen interessanten und lesenswerten Roman hinkriegen? Vielleicht sollte ich es lieber zunächst mit einem Artikel für eine Zeitschrift versuchen? Selbst das wird schon schwierig genug. Ich habe keinerlei Erfahrung damit."

Tatenlos hörte ich meinem eigenen Gejammer zu. „Ich glaube beinahe, das ist ein Projekt, das sich lieber andere zumuten sollten." Kraftlos stützte ich meinen Kopf auf die Knie. „Ich fürchte, ich kann das nicht, Marie."

Sie setzte sich steif neben mir auf. Ihre Stimme klang fast schon verzweifelt, als sie sagte: „Merkst du denn gar nicht, dass du schon viel zu weit vorgedrungen bist, um alles wieder fallenzulassen?" Sie schubste mich leicht an der Schulter.„Du hast gesagt, du willst wissen, was dein Job ist, ja? Ich sage dir, das ist dein Job! Deinem Leben endlich mal einen Sinn zu geben und deine Zeit und deine Energie für etwas einzusetzen, das wichtig ist. Riskiere doch mal was. Du wirst dadurch lernen und hast schließlich nichts zu verlieren, außer ein bisschen Zeit."

Sie schnaubte wütend und sprach nicht weiter.

Mein Hals war wie zugeschnürt, als ich beharrlich wiederholte: „Ich weiß nicht, wie ich es anfangen soll. Ich habe keinen Plan und im Gegensatz zu dir auch nicht das Gefühl, dass ich dazu geboren bin, ein Buch zu schreiben."

Marie sagte nichts mehr und blickte nur noch genervt aufs Meer.

Ich seufzte laut auf. Was war nur los mit mir? Noch heute Morgen hatte ich diese wunderbare Entschlossenheit gespürt. Doch je mehr mich Marie dazu drängte, umso mehr verfiel ich in Zweifel, in berechtigte Zweifel, wie ich fand.

Vorsichtig versuchte ich Maries Hand zu fassen, doch sie entzog sich mir und stand auf.

„Du schwankst wie das Schilfrohr vor deiner Nase. Ich gehe. Ich habe keine Lust mehr, dir zu zuhören.“

Es war eine lange schlaflose Nacht für mich. Ich lag neben Marie, die still und regungslos Abstand zu mir hielt. Ob sie schlief oder wachte, wusste ich nicht. Der Mond schien durch das Sprossenfenster und ließ meinen Geist nervös umherflattern. Gedanke um Gedanke wälzte sich durch meinen Kopf und mehr als einmal war ich versucht, Marie zu wecken. Doch ich traute mich nicht.

Irgendwann in den Morgenstunden musste ich dann doch eingeschlafen sein, denn als ich erwachte, war der Platz neben mir kalt und verlassen und nur ein dunkles Haar lag auf dem Kissen.

November 1966

Kurz vor seinem Tode ging Jakob noch einmal auf dem Deich spazieren. Er war nicht allein. An seiner Hand hielt sich ein kleines dunkelhaariges Mädchen fest und summte ein Lied. Völlig selbstvergessen lehnte sie an seiner Seite und versuchte spielerisch eine bestimmte, ihm nicht erkennbare, Schrittfolge einzuhalten. Ein bisschen schien es, als würde sie zu ihrer eigenen Melodie neben ihm hertanzen. Das rührte sein Herz. So unbedarft und voller Lebensfreude war dieses kleine Mädchen, seine Enkeltochter. Hatte es auch in ihm jemals eine solche Leichtigkeit gegeben? War auch er einmal ein Junge gewesen, dessen Tage nur aus Spiel bestanden? Er konnte sich nicht mehr daran erinnern. Jakob blieb stehen. Die kühle Herbstluft streichelte seine Haut. Er schloss die Augen und versuchte, sie tief einzuatmen. Doch es gelang ihm nicht. Er spürte die

Schmerzen und diese unglaubliche Schwäche in seiner Brust, alles war zu eng, seine Lunge zerstört. Den Jungen in ihm, den gab es nicht mehr. Das machte Jakob traurig. Sein ganzes Leben machte ihn traurig. Er hatte Gefangenschaft erlebt. Er hatte den Krieg erlebt und wieder Gefangenschaft. Danach war er sehr still geworden.

Das kleine Mädchen an seiner Hand betrachte ihn aufmerksam. Sie sah an ihrem Großvater hoch, den sie nur so kannte: wortlos, mit ernstem Gesicht, niemals lachend.

„Opa, wollen wir nicht weitergehen?“, fragte sie.

Jakob schaute hinüber zu den Inseln.

Er schüttelte langsam seinen Kopf.

„Nein, mein Liebes, ich mag nicht mehr weitergehen.“

Juni 1989

Ich hatte Marie enttäuscht.

Und als wäre das nicht schon schlimm genug, war ich von mir selbst enttäuscht. Sie war wütend auf mich, wieder einmal. Und wieder zu Recht.

Selbstzweifel plagten mich. Wie konnte Marie mit mir zusammen sein, wo ich doch so schwankend und widersprüchlich war? Was sollte sie mit jemandem wie mir? Wieso konnte ich nicht einfach anders sein?

Sie hatte recht gehabt. Die Inseln weckten etwas in mir. Es war wie der Anfang einer Kraft, die ich nicht kannte. Würde ich ihr Raum zum Wachsen lassen, da war ich mir sicher, würde sie mich auch durch dieses Leben tragen können. Doch ich fürchtete mich vor dieser Kraft und der Veränderung, die mit ihr einherging.

Ich hatte die Geschichte von Langlütjen wirklich erzählen wollen. Ich hatte mich gedanklich schon auf den Weg gemacht, auf einen guten Weg. Mein Leben bewegte sich weiter, in aufregender Weise, wenn ich ehrlich zu mir war. Und nun versuchte ich diese Bewegung wieder aufzuhalten.

Ich stand auf.

Mein Gott, fragte ich mich, woher sollte ich nur das Selbstvertrauen nehmen?

Ich zog meine Jacke an und verließ das Haus.

Das kleine Büro lag in einem ruhigen Wohngebiet, Sackgasse, Spielstraße, Schrittgeschwindigkeit.

Ich parkte in einer Nebenstraße und schlenderte den kurzen Weg an gepflegten Einfamilienhäusern vorbei bis zu dem schönen renovierten Altbau.

Alles war noch so, wie ich es seit meinem letzten Besuch vor einigen Monaten in Erinnerung hatte. Nur der Rasen im Vorgarten war für diese Gegend vielleicht ein wenig zu hoch gewachsen.

Ich ging durch die kleine Gartenpforte und wurde vom Duft der Rosen empfangen. Auch sie waren deutlich gewachsen, aber sie durften das. Wenn sich in dieser Gegend etwas ausbreiten durfte, dann Rosen.

Ich klingelte. Ein kurzer Summton und ich konnte die schwere alte Haustür aufdrücken. Sie war noch immer verzogen. Dreimal versuchte ich sie ins Schloss fallen zu lassen, erst dann war sie zu.

Im Vorzimmer saß eine junge Frau und tippte. Sie sah auf und sagte nur:

„Oh“, als sie mich erkannte.

„Hallo, ist er da?“, entgegnete ich knapp.

„Ja, aber ...“

Schon ging ich über die frisch polierten Dielen auf eine der Türen zu. Ich war schon unzählige Male in dieses Büro eingetreten, meistens unangemeldet – und die Vorstellung, dass er gleich, wie so oft, überrascht aufschauen würde, ließ mich schmunzeln. Ich öffnete die Tür.

Er schaute überrascht auf und rief: „Nein, was machst du denn hier? Das ist ja eine Überraschung!“

Steffen setzte erstaunt die Kaffeetasse ab, die er gerade im Begriff war, zum Mund zu führen.

Ich schmunzelte.

Dann ging er um den Schreibtisch herum und nahm mich für einen kurzen Moment in den Arm.

„Setz dich doch“, sagte er und zeigte auf die gemütliche Sitzecke mit den beiden Ledersesseln.

Da saßen wir immer, wenn wir etwas Wichtiges zu besprechen hatten.

„Kekse?“

Steffens Schwäche für Süßigkeiten zeigte sich nicht nur an seinem deutlichen Bauchansatz. Wo andere Männer eine Getränkebar im Schrank hatten, verwahrte er Keksschachteln in allen Variationen. Sein Angebot abzulehnen, wäre vor allem für ihn kaum zu ertragen gewesen.

Also sagte ich wie meistens: „Gern, mit Schokolade, wenn du hast.“

„Selbstverständlich.“

Steffen lächelte zufrieden, wählte kennerisch eine Packung aus und füllte den Teller schließlich mit kleinen Brownies. Den letzten aus der Packung steckte er sich in den Mund.

„Weiß deine Mutter, dass du hier bist?“, fragte er kauend.

Ich war jedes Mal fasziniert, wie es ihm gelang, eine glänzende Unterhaltung zu führen und dabei unentwegt Kekse zu vertilgen, ohne dass man es bemerkte, außer am plötzlich leeren Teller.

„Nein. Ich wollte mit dir allein sprechen.“

„Gut.“

Steffen schenkte mir einen Kaffee ein. Dann sagte er: „Aber du solltest sie mal wieder besuchen.“

Ich reagierte nicht darauf.

Steffen seufzte, nahm sich zwei Brownies vom Teller und ließ sich in den Ledersessel fallen.

„Wie geht es ihr denn so?“, fragte ich schließlich schwerfällig.

„Ganz in Ordnung. Aber du fehlst ihr tatsächlich. Dein letzter Besuch ist schon ein dreiviertel Jahr her, oder?“

„Ja“, sagte ich abwesend, „aber sage ihr ruhig, dass ich bald vorbeikommen werde. Ich habe ausnahmsweise einiges, worüber ich gern mit ihr sprechen möchte.“

Steffen sah mich verwundert an. Ich konnte erkennen, das er mit meiner seltsamen Äußerung nichts anfangen konnte. Er nickte und schnippte einen Krümel von seinem teuren Jackett.

„Das werde ich ihr ausrichten. Aber deswegen bist du nicht hier, oder? Du hast was auf dem Herzen. Worum geht's? Brauchst du Geld?“

„Nein. Ich habe mich verliebt.“

„Na“, Steffen schaute verblüfft, „das höre ich ja zum ersten Mal. Schön, ich freue mich für dich.“

„Ja.“

Nun aß ich auch einen Keks.

„Wie ist es dazu gekommen? Wer ist es?“

Ich erzählte mit knappen Worten.

Steffen lächelte vergnügt.

„Bis hierher klingt es doch sehr interessant.“

„Sie ist elf Jahre älter als ich.“

„Nun ja.“

Ich schwieg.

„Das kann aber klappen“, versuchte Steffen mich zu bestärken und machte ein zuversichtliches Gesicht.

„Ja, wäre schön, aber jetzt kann es mit mir nicht mehr so weitergehen. Ich meine, mit meinem Leben.“

„Gut, dass du es einsiehst“, sagte Steffen energisch und unterstrich seine Worte mit erhobenem Zeigefinger.

„Diese Frau scheint dir wirklich gutzutun.“

Ich ignorierte seine Bemerkung und sah zu Boden.

„Da ist noch eine Sache.“

„So?“

Steffen steckte sich einen Brownie in den Mund. „Was?“, blaffte er und vergaß seine sonst so vorzüglichen Manieren.

„Ich muss dafür ein wenig ausholen.“

„Ich habe Zeit. Erzähl!“

„Kannst du dir vorstellen, dass ich ein Buch schreibe?“

„Na ja“, sagte Steffen zögerlich.

„Danke, das sehe ich auch so.“

Ich lehnte mich zurück und faltete desillusioniert die Hände im Schoß.

„So habe ich das nicht gemeint.“ Steffen bereute seine vorschnelle Antwort. „Es ist nur eine recht – na, wie soll ich sagen – anspruchsvolle Aufgabe, die du dir da vornimmst.“ Steffen schien zu überlegen, wie er meinen aussichtslosen Plan, der mein Leben positiv in Schwung bringen sollte, nicht gänzlich auslöschte.

„Du hast ja recht“, sagte ich nach einer Weile lahm. „Warum sollte ich das auch können? Aber Marie ist da komischerweise ganz anderer Meinung. Sie kennt mich allerdings auch noch nicht besonders gut.“

Steffen seufzte. „Nun sage mir doch erst mal, worum es geht.“

Ich begann von den Inseln zu erzählen, von meinem ersten Kontakt auf der Fähre, von dem Nachmittag in den Bunkern, der Landesbibliothek, dem Museumsbesuch. Schließlich referierte ich den halben Inhalt des Buches, den ich bereits ziemlich genau wiedergeben konnte. Während ich erzählte, wuchsen in mir wieder diese Energie und diese Begeisterung, die mich jedes Mal aufs Neue verwirrten.

Ich sah Steffen ernsthaft an.

„Die Geschichte löst etwas in mir aus, Steffen. Ich bin sofort hellwach, wenn ich mich damit beschäftige. Ich kann dir nicht sagen, warum, aber es ist so. Seltsam, nicht wahr?“

„Ja“, sagte Steffen nachdenklich, „das ist das erste Mal, dass ich dich mit solch einer Leidenschaft reden höre. Und …", er zögerte etwas, als er den Satz vollendete, „… auch das erste Mal, dass dich wirklich etwas erreicht – ganz bis zu dir vordringt, wenn ich das so sagen darf. Du solltest es wirklich ernst nehmen."

Hoffnungsvoll richtete ich mich in meinem Sessel auf und sah ihn an.

„Hast du schon mal etwas geschrieben?", wollte Steffen wissen.

„Nein."

„Gut. Man kann es aber lernen wie ein Handwerk und ob du Talent hast, wird sich zeigen."

Ich sank ernüchtert zusammen.

„Mach es", rief er aufmunternd. „Nur durch einen Versuch wirst du es erkennen."

„Aber wie soll ich anfangen?"

„Ich bin sicher, du hast schon eine Idee."

„Nur sehr vage. Ich möchte die Inseln und den Teil ihrer Geschichte wieder in Erinnerung bringen, sodass man darüber spricht, weißt du? In Gedanken sehe ich die ehemaligen Häftlinge vor mir. Ich frage mich, wie es ihnen damit ergangen ist, dass die Geschehnisse dort totgeschwiegen wurde, als hätte es sie nie gegeben. Kein Wort, keine Wiedergutmachung. Vielleicht finden es andere bedeutungslos, nur ein kleines KZ von unzähligen, irgendwo in der Nordsee. Aber so fing es an. Dieses KZ und seine vergessene Geschichte steht doch auch symbolisch für viele andere. Ist es nicht an der Zeit, denen, die sich politisch widersetzten, Achtung zu erweisen, anstatt ihr Leiden weiterhin zu leugnen? Täter und Opfer sind sich Jahre später nach dem Krieg auf der Straße begegnet, sind aneinander vorbeigegangen, schweigend, als wäre nie etwas gewesen. Niemand hat über seine Gedanken und Gefühle gesprochen."

Steffen hatte die ganze Zeit über regungslos einen Keks in der Hand gehalten und mir zugehört. Die Schokolade war geschmolzen. Er legte ihn still auf den Teller zurück.

„Du solltest es tun“, sagte er nun nachdenklich.

Ich starrte aus dem Fenster. Durch das dichte Laub der Blutbuche fielen ein paar Sonnenstrahlen ins Zimmer. In ihrem Licht tanzte feiner Staub.

Wir saßen schweigend da, vier oder fünf Minuten lang.

Dann stand ich auf.

„Ich muss auf die hintere Insel“, sagte ich. „Aber ich möchte nicht allein gehen.“

„Und wie kommst du dahin?“, fragte Steffen.

„Übers Watt, zu Fuß.“

„Ich begleite dich.“

Eine Woche später

Donnerstagvormittag um halb elf überquerten Steffen und ich den Deich. Es war perfektes Wetter für eine Wattwanderung. Die Sonne schien warm zwischen dicken weißen Wolken hindurch und ein leichter Wind sorgte für gemäßigte Kühlung. Ich musste lächeln, als ich uns beide betrachtete. Wir trugen nagelneue gelbe Gummistiefel aus dem Baumarkt und hatten Strohhüte auf dem Kopf. Beides noch schnell am Vorabend gekauft, nachdem Marie uns eindringlich warnte, dass man sich auf dem Watt sehr leicht Verbrennungen und einen Sonnenstich zuziehen konnte. Doch so schienen wir gut vorbereitet.

Steffen hatte sich eine Kamera um den Hals gehängt.

„Die ist ganz neu“, erzählte er stolz. „Habe ich mir vor drei Jahren gekauft und noch nie benutzt.“

„Aha“, sagte ich abwesend und stiefelte neben Steffen her. Ich musste an den gestrigen Abend denken. Wir waren essen gegangen, zu dritt: Steffen, Marie und ich. Zunächst hatte mir das gar nicht behagt, zumal die Stimmung zwischen Marie und mir noch unter dem Eindruck unserer letzten Begegnung stand. Doch sie war sehr souverän darüber hinweggegangen und hatte sich auf Anhieb gut mit Steffen verstanden. Beide mit einem sehr ähnlichen Humor ausgestattet, gestalteten sie den Abend in bester Stimmung und witzelten herum, zumeist auf meine Kosten. Was mir in diesem Fall aber nichts ausmachte. Ich war nur glücklich darüber gewesen, dass Marie ihre gute Laune in meiner Nähe wiedergefunden hatte. Nach dem Essen begleiteten wir Steffen noch zu einer kleinen Pension und gingen dann wie selbstverständlich Arm in Arm zu Marie nach Hause. Auf dem Weg dorthin erzählte sie mir, dass sie es schön fand, endlich jemanden aus meiner Familie kennenzulernen.

Unser Wattführer Hagen wartete am verabredeten Treffpunkt, am Fuße des Deichs beim roten Weidetor. Wir machten uns kurz miteinander bekannt. Dann schwiegen wir und musterten uns gegenseitig, als wäre es wichtig zu wissen, mit wem man es auf dieser Expedition zu tun hatte.

Hagen gehörte zu den Menschen, die sich altersmäßig schlecht einschätzen ließen, er war vermutlich um die vierzig. Sein Körper war drahtig und die Haut wettergegerbt, mit kleinen Narben und roten Äderchen übersäht. In seinem Gesicht wuchs ein spärlicher rotblonder Bart, der nahtlos in das schüttere Kopfhaar überging, das zum größten Teil von einer schmuddeligen Schirmmütze bedeckt war. Insgesamt wirkte Hagen sehr hager und zäh. Er warf einen ausgedehnten Blick auf unsere Gummistiefel und dann auf unsere gesamte Bekleidung.

„Ihr seid noch nie im Watt gewandert, oder?"

„Nicht so richtig", antworte ich. „Eher nur so am Strand ent lang. Und du, Steffen?"

„Nein, noch nie," Steffen schüttelte den Kopf, „aber das ist wirklich kein Problem für mich."

Hagens Gesichtsausdruck verriet Zweifel.

„Gibt es irgendwelche gesundheitlichen Einschränkungen? Vielleicht Herz-Kreislaufprobleme?"

Sein Blick blieb auf Steffens dickem Bauch haften.

Wir verneinten beide entschieden.

„Gut." Dann wandte sich Hagen an mich. „Am Telefon hast du gesagt, dass ihr länger auf der Insel bleiben wollt. Wir müssen also sehr früh los. Das heißt, wir gehen jetzt mit dem abfließenden Wasser raus."

Ich warf einen Blick auf das Watt, das zwischen uns und der Insel lag. Viel Watt war nicht zu sehen.

„Da ist ja nur Wasser", sagte ich vorwurfsvoll. „Sollen wir rüberschwimmen?"

Hagen zog langsam Turnschuhe und Shorts aus und stopfte beides in seinen kleinen Rucksack. Nun war er barfuß und nur mit einem Hemd und einer Badehose bekleidet.

„Das ist nicht wahr, oder?" Steffen räusperte sich nervös.

Er trug, genau wie ich, knielange Shorts und T-Shirt. Unser gemeinsamer Rucksack war voll mit Proviant, in erster Linie Keksen, und zwei dünnen Regenjacken.

Hagen rieb sich ungeduldig seinen Bart.

„Passt mal auf", sagte er, „wir werden heute ungefähr sechsundzwanzig Grad Lufttemperatur bekommen. Wenn wir zügig vorankommen, brauchen wir vielleicht anderthalb Stunden. Ich alleine schaffe das schneller, aber mit euch, na gut, vielleicht zwei Stunden. Wir werden jetzt also direkt mit dem Wasser rausgehen."

„Und was heißt das ganz konkret?", fragte Steffen mit einem Ton, den er sonst nur im Büro hatte, wenn ein Kundengespräch plötzlich an irgendeinem Punkt hakte.

„Das heißt konkret", ahmte Hagen ihn nach, „dass wir durch seichtes Wasser wandern und durch drei tiefere Priele eventuell schwimmen müssen, weil sie zu diesem recht frühen Zeitpunkt noch viel Wasser führen."

Mir wurde schlecht.

„Was?" Steffen schüttelte fassungslos den Kopf. „Ich dachte, es war von einer Wattwanderung die Rede und nicht von einem Survivaltrip", wandte er sich an mich.

Ich versuchte ihn hastig zu besänftigen.

„Er hat doch nur ‚eventuell Schwimmen' gesagt. Wir schaffen das schon. Du kannst doch schwimmen. Du hast immer erzählt, dass du deine Jugend im Schwimmbad verbracht hast."

„Ja, aber das ist dreißig Jahre her", klagte Steffen und ließ sich dennoch von mir widerstandslos an der Hand Richtung Watt ziehen, denn ich befürchtete, er könnte sonst einfach davonlaufen.

Hagen zuckte nur knapp mit den Schultern. „Die Priele sind circa zwei Meter breit. Das Wasser reicht uns vielleicht bis zur Brust, das heißt, ein bis zwei Schwimmzüge und wir sind drüben. Keine große Sache also. Wenn ihr wollt, können wir auch später losgehen. Dann habt ihr allerdings nicht so viel Zeit auf der Insel." Hagen wandte sich vorwurfsvoll an mich.

„Du hättest mich besser darüber informieren müssen, wie untrainiert ihr seid." Er haderte mit sich. „Vielleicht sollte ich das Ganze lieber abblasen."

„Nein, nein, bitte nicht", bettelte ich, „wir sind ausdauernd. Wirklich! Das Schwimmen ist kein Problem, nicht wahr, Steffen?"

Steffen reagierte kaum. Seine Miene ließ doch einige Zweifel an seiner Zähigkeit aufkommen.

Hagen seufzte. Dann schaute er grübelnd in den blauen Himmel.

„Also gut", sagte er schließlich. „Wir gehen nun los. Aber die Gummistiefel könnt ihr hier lassen. Die bleiben sowieso auf den ersten zehn Metern im Schlick stecken."

„In Ordnung."

Schnell zog ich Stiefel und Strümpfe aus und stellte sie ordentlich am Weidetor ab. Ich knuffte Steffen in die Seite, der sich langsam wieder regte und es mir gleichtat. Auf dem Rückweg wollten wir sie dann wieder abholen.

Hagen ging schweigend voraus und wir folgten ihm über die stachelige Salzwiese zum Watt.

„Igitt, ist das ekelig!“, rief Steffen, als er den ersten Schritt ins kalte Watt tat.

„Na, das kann ja was werden“, sagte ich leicht genervt und stellte ebenfalls mit Unbehagen fest, wie meine Füße mit jedem Schritt ungefähr dreißig Zentimeter tief im glitschigen Untergrund versanken. Darüber noch eine Schicht grau gurgelndes Wasser.

Hagen schritt unbeeindruckt voran. Schnell hatte er uns um Längen zurückgelassen. Nach einer Weile drehte er sich nach uns um und wartete, bis wir ihn mit ungeschickten Schritten erreicht hatten.

„Marie hat mich gebeten, euch sicher zur Insel zu führen“, erklärte er geduldig, „aber in diesem Tempo wird das nichts. Da können wir gleich wieder umkehren.“

„Wir haben unseren Rhythmus bald gefunden“, versprach ich, „dann halten wir mit dir Schritt, wirklich.“

Steffen nickte bestätigend und wir wanderten schweigend weiter.

Nach einer Weile begann ich diesen ungewöhnlichen Fußweg zu genießen. Die Wolken hatten sich verzogen und die Sonne spiegelte sich auf der glitzernden Meeresoberfläche. Vor uns die Insel, einsam und still, wie eine grün-graue Festung, die auf uns zu warten schien.

Mit jedem Schritt, den ich tief im Boden versank, erlebte ich diese Insel, erlebte ich ihr allmähliches Näherkommen. Der Schlick wurde tiefer und die Wasserschicht höher. Graue Spritzer übersäten meinen Körper.

Ich hörte Steffen laut hinter mir atmen. Ich drehte mich zu ihm um. Sein Gesicht war rot, doch er lächelte glücklich. Die Kamera baumelte an seinem Hals und seine weißen, dicklichen Beine bildeten einen auffälligen Kontrast zum schwarzen Schlick.

„Wir müssen warten“, sagte Hagen und blieb stehen. „Das Wasser ist noch zu hoch. So finde ich den ersten Priel nicht.“

Also blieben wir drei mitten im Meer schweigend stehen und warteten. Um uns herum eine graue Wasserfläche. Meine Füße steckten tief im Schlamm. Ich schaute hinunter, sah das Wasser meine Schienbeine umspülen und begann zu wanken. In letzter Sekunde hielt ich mich an Steffen fest, sonst hätte ich mein Gleichgewicht verloren.

Hagen lachte.

„Das kann passieren“, sagte er nur.

Dann schaute er wieder still in die Richtung, in der er den Priel vermutete.

Ich schaute nicht mehr zu Boden, sondern schloss die Augen und spürte, wie einzigartig dieses Gefühl war, mitten in der Erde zu stecken und nichts weiter zu tun als zu warten.

Nach einer Weile rief Hagen: „Da ist er!“, und deutete auf einen schmalen Strom in der Ferne, der sich durch das Watt schlängelte.

Ich sah auf den Boden und stellte verwundert fest, dass das Wasser, das mir noch eben bis zum Schienbein reichte, verschwunden war.

Erfreut darüber, den Priel gefunden zu haben, gingen wir darauf zu und betrachteten ihn prüfend.

„Das habe ich erwartet“, sagte Hagen. „Er ist noch recht tief. Zwei, drei Schwimmzüge und wir sind drüben. Keine Sorge, die beiden anderen Priele, die noch auf uns warten, werden sicherlich nicht mehr so tief sein. Also, ich zuerst.“

Hagen zog sein Hemd aus, verstaute es in seinem Rucksack und drückte ihn mir in die Hand.

Aufgeregt sah ich dabei zu, wie unser Wattführer sich nun langsam in den Priel hineinbegab. Sofort war er bis zur Brust verschwunden. Ich hielt den Atem an.

Steffen fummelte nervös an seiner Kamera herum. Doch er bekam den Reisverschluss der Schutztasche nicht auf.

Hagen machte einen Satz nach vorn. Zwei kräftige Schwimmzüge und er war tatsächlich drüben.

Durch die Strömung allerdings um ein paar Meter meerwärts versetzt.

Ich schluckte nervös.

„Und nun du."

Hagen wies auf Steffen.

„Ich?" Steffen bemerkte, wie überflüssig seine Frage war. Er übergab mir die Kamera und zog sich ebenfalls das T-Shirt aus. Sein weißer rundlicher Körper war von schwarzen Haaren bedeckt. Mit zittrigen Händen reichte er mir sein Shirt. Den Strohhut ließ er auf dem Kopf. „So, dann will ich mal."

Vorsichtig stieg er in den Priel und stieß einen hellen Schrei aus, als er schlagartig darin versank. Das Wasser stand ihm buchstäblich bis zum Hals. Er hielt einen Moment inne und schien sich zu konzentrieren. Dann stieß er sich unvermittelt ab und machte zwei hektische, doch uneffektive Schwimmzüge. Steffen trieb ab.

„Schwimm!", rief Hagen laut. „So schwimm doch!"

„Los, Steffen! Durchziehen!"

Ich machte mir etwas Sorgen um den Lebenspartner meiner Mutter.

Steffen war bereits zwei Meter abgetrieben und paddelte wie eine verfolgte Ente, die den Abflug von der Wasseroberfläche nicht schaffte.

„Gleich hast du es geschafft", schrie ich.

Steffen schwamm wie um sein Leben. Mit hochrotem Kopf erreichte er das rettende Ufer und kletterte erschöpft hinaus.

„Mein Gott", pustete er, „das mache ich nicht noch mal. Ich dachte, ich treibe auf Nimmerwiedersehen hinaus aufs Meer." Er sah mich fix und fertig von der anderen Uferseite aus an. Die nassen Shorts klebten an seinen Beinen. „Jetzt bist du dran."

Ich verstaute alle Sachen im Rucksack und warf ihn über den Priel.

Steffen fing ihn auf. Dann warf ich Hagen seinen wesentlich kleineren Rucksack zu und begab mich mit verbissener Miene ins kalte Wasser. Natürlich wollte ich genauso gut wie Hagen sein. Ich versuchte mich kräftig abzustoßen, doch der Grund war so weich, dass ich darin stecken blieb.

Schon trieb ich ab.

„Schwimm doch!“, hörte ich Steffen rufen.

„Du musst sofort losschwimmen.“

Der hatte gut reden, war er doch selbst fast abgesoffen. Ich tauchte die Arme in das gräuliche Wasser und machte einen kräftigen Schwimmzug. Dabei fiel mir der Strohhut vom Kopf. Im Augenwinkel sah ich, wie er sich in Sekundenschnelle in Richtung Meer verabschiedete und schon begann ich genauso hektisch zu paddeln wie Steffen zuvor. Keuchend erreichte ich die andere Seite.

„Das war hart“, sagte ich und wrang erfolglos meine nassen Hosenbeine aus.

Hagen zuckte nur locker mit den Schultern.

„Ist halt ein Priel und kein Badesee, aber im Ernstfall hättet ihr euch auch einfach hinstellen und durch das brusthohe Wasser waten können.“

Ich sah Hagen wortlos an. Dann wanderten wir weiter.

Die Sonne hatte schon bald meine Hose getrocknet und Steffen die erste Kekspackung vertilgt.

Vor uns erstreckte sich Langlütjen Sand. Ich konnte schon deutlich die Umrisse des Forts erkennen. Eine Schar Seevögel hatte sich auf der gemauerten Uferbefestigung niedergelassen.

Ich beschleunigte meinen Schritt, ging schon bald vor Hagen. Hinter mir hörte ich Steffens keuchenden Atem. Er gab sich alle Mühe mitzuhalten.

Nur noch ein Priel trennte uns von der Insel. Er führte wenig Wasser und war leicht zu durchqueren. Doch der Wattboden wurde tiefer und wir versanken bis zu den Knien im Schlick, jeder Schritt begleitet von einem gurgelnden, saugenden Geräusch.

Ich dachte an Gletscherspalten. Gab es so etwas auch im Watt? Ein falscher Schritt und ich würde rettungslos im

Schlamm versinken? Steffen blieb stehen und wischte sich mit dem Handrücken den Schweiß von der Stirn. Ich sah ihn fragend an, doch er winkte nur ab und stapfte entschlossen weiter.

Nach einer Weile wurde das Watt wieder fester. Nun kamen wir schnell voran. Nicht weit vor uns lag Langlütjen Sand.

Ich lief schneller. Mein Herz pochte, als ich über eine Buhne stieg. Ich erreichte die Ausläufer der Sandbank. Schilfrohrgräser brachen unter meinen Füßen. Nun blieb ich stehen und schloss die Augen. Die Sonne brannte auf meiner Haut. Ich roch den feuchten Sand, faulige Algen. Stille – dann das Kreischen von Seevögeln – und wieder Stille. Ich weiß nicht, was ich erwartet hatte, aber dass mich der Ort in diesem Moment ganz zauberhaft gefangen nahm, dass sicherlich nicht.

Steffen berührte leicht meine Schulter.

„Willst du dich erst mal allein umsehen?", fragte er leise.

„Nein", sagte ich nur.

Schweigend gingen wir zu dritt über die langgestreckte Sandbank zum Fort.

„Ihr könnt sowieso nur auf dem Außenwall herumlaufen, um die Festungsanlagen zu besichtigen", meldete sich Hagen nach einer Weile zu Wort. „Der Wallgraben ist schätzungsweise fünf Meter tief. Ohne Leiter kommt man da nicht runter."

Dann blieb er stehen.

„Ich warte hier auf euch", er wies auf einen großen Holunderbusch, „und werde mich dort ein wenig ausruhen. An eurer Stelle würde ich das auch zu tun. Auf dem Rückweg dürfen wir auf keinen Fall trödeln. Sonst erwischt uns das Auflaufwasser. Ihr habt zweieinhalb Stunden Zeit."

„Kein Problem", erwiderte ich.

„Es ist nur zu eurer eigenen Sicherheit. Wir müssen hier auf jeden Fall pünktlich wieder weg."

„Ja, ja", sagte ich leicht genervt. Was hatte er denn auf einmal? „Wir sind ausgeruht und pünktlich zurück, bis später."

Ich sah Steffen an und er nickte mir zu. Dann erklommen wir barfuß, verdreckt, in T-Shirts und Shorts den steilen Außenwall. Vor uns erhob sich die Festung, ehemaliger Marinestützpunkt, frühes Konzentrationslager, Wellenbrecher, unberührte Natur und Ziel für Menschen, die einsame Stunden oder Tage verbringen wollen. Wie sollte man diesen Ort verstehen? So geschichtsträchtig, angelegt für militärische Zwecke, und nun im Sonnenschein, ruhig, friedlich, fast einladend. Möwen segelten über unseren Köpfen und Seevögel saßen in Scharen auf dem Sand und putzten ihr Gefieder.

Zwei, drei Schritte noch, dann standen wir auf dem gemauerten Außenwall und konnten das gesamte Fort überblicken.

Es war wie ein großes Oval angelegt. Von dem eigentlichen Festungskern mit seinen Räumen und Kasematten trennte uns ein ungefähr acht Meter breiter, unüberwindbarer Graben.

Ich schaute hinunter. Zu meinen Füßen ging es vier oder fünf Meter in die Tiefe. Der Wallring, auf dem wir standen, war von einer dicken Schicht Erde bedeckt, und wurde von brüchigen, alten Ziegeln gehalten. Jedenfalls hoffte ich, dass er hielt. Stellenweise gab es gefährliche Abrutschkanten und Teile der Wallmauer lagen herausgelöst unter uns im Schutzgraben. Um uns herum krallten sich Holunderbeersträucher, junge Birken und anderes zähes Zeug in den Wall.

„Lass uns auf dem Wall um das Fort herumgehen", sagte ich. „Vielleicht kann man ja doch an irgendeiner Stelle nach unten gelangen."

Ohne meinen Blick auch nur für einen Moment von der Kasemattenanlage zu wenden, ging ich um das Fort herum. Ich betrachtete die Fensteröffnungen, die mit hübsch gemauerten Rundbögen systematisch die meterdicken Wände unterbrachen. Ich wollte hinein in diese Festung, unbedingt! Doch die Höhe des Walls machte einen Abstieg unmöglich. So musste ich mich mit einem entfernten Blick zufriedengeben.

Die Festung sah zwar etwas verfallen aus, machte aber insgesamt einen erstaunlich intakten Eindruck. Ganz anders als die Ruinen auf der vorderen Insel.

„Gib mir mal den Rucksack", holte mich Steffen aus meinen Gedanken. „Ich brauche die Kamera."

Ich nahm den Rucksack vom Rücken und warf ihn Steffen zu. Dann sah ich gedankenverloren hinaus aufs Festland. Es erschien sehr nah. So war also die Sicht von der anderen Seite, dachte ich und konnte kaum glauben, dass ich tatsächlich hier war, auf Langlütjen. Es kam mir unwirklich vor.

Ich hörte die Kamera hinter mir klicken und das Knirschen der Steine unter Steffens nackten Füßen.

Ich dachte daran, dass die Häftlinge damals auf dem Außenwall herumlaufen durften. Vielleicht an dieser Stelle gestanden hatten, an der ich gerade stand und ebenfalls hinüberblickten. Dachten sie auch, dass das Festland so nah erschien? Dass man es schnell erreichen könnte? Wir hatten anderthalb Stunden gebraucht. Zu lang für eine Flucht über das Watt.

Zwischen der Insel und dem Festland lag jetzt nur Sand und schwarzes Watt – kein Wasser. Ich erkannte die Schafe auf dem Deich und einige Fußgänger, die darauf spazieren gingen. Winzig klein, aber gut zu erkennen. Ich fragte mich, wie oft ein Häftling hier gestanden hatte und versucht gewesen war, über das Watt zu fliehen. Hätte ich es getan? Furcht kribbelte über meine Haut. Wäre ich gerannt? Erst ganz schnell und hastig, getragen von der bloßen Angst, entdeckt zu werden, dann mit schweren Schritten, schnell müde werdend im tiefen Watt. In Todesangst, in dem Wissen, ein gut sichtbarer Punkt zu sein, wie ein Hase auf abgemähtem Feld. Wie aussichtslos das war! Sie würden genau zielen, ein Schuss.

Und wenn einem die Flucht gelungen wäre? Wie hätten die Menschen drüben auf dem Festland auf den Flüchtenden reagiert? Geholfen? Oder hätten sie ihn angezeigt und damit seinem Schicksal ausgeliefert?

„Hey!" Steffen tippte mir auf die Schulter. „Ich habe ein paar gute Aufnahmen gemacht. Wir können weitergehen."

Ich nickte abwesend und stolperte über einen Stein. Auf der Meerseite durchquerte ein riesiger Tanker die breite Fahrrinne. Er nutzte den Ebbstrom, um den Hafen auf der gegenüberliegenden Seite zu verlassen. Auch bis dahin war es nur eine geringe Entfernung, doch dazwischen lag die Fahrrinne mit gefährlichen Strömungen.

„Von dort aus wurden die Häftlinge nachts zur Insel gebracht", sagte ich und zeigte auf den Hafen in der Ferne.

Steffen schüttelte missbilligend den Kopf.

Mein Blick wanderte wieder hinüber zu den Kasematten aus roten Ziegelsteinen. An einem der Fenster war ein Teil der Wand herausgerissen. Das Licht der Mittagssonne gewährte mir einen tiefen Blick ins Innere der Anlage. Ich hielt inne.

„Gib mir mal die Kamera", rief ich.

Dann tastete ich mich langsam bis an die Kante des Außenwalls heran. Der Außenwall war normalerweise fünf Meter hoch. Doch an dieser Stelle war die Kante eingebrochen und im Festungsgraben unter mir lag ein kleiner Hügel aus Schutt und Erde. Einige Ziegelbrocken lösten sich und fielen in die Tiefe.

„Sei vorsichtig. Das ist gefährlich."

Steffen reichte mir beunruhigt seine Kamera.

„Das weiß ich auch", entgegnete ich barsch. Ich lehnte mich auf die Seite und machte, so gut es ging, ein Foto vom Inneren der Kasematte. „Hoffentlich kann man auf dem Bild etwas erkennen." Ich lehnte mich noch ein waghalsiges Stückchen weiter vor. „Ich will mal eine andere Perspektive versuchen. Halt mich fest." Ich umfasste mit dem linken Arm den Stamm einer jungen Birke, die schräg über den Wall wuchs. Mit der Rechten hielt ich die Kamera. Steffen stand hinter mir und hielt mich relativ nutzlos an der Schulter fest. „Die Perspektive ist gut!", rief ich und neigte mich noch ein wenig mehr nach vorn.

Die Kamera klickte und plötzlich gaben die Steine unter mir

nach, die Erde rutschte weg, mein linker Arm klammerte sich krampfhaft um den Stamm. Schnell ließ ich die Kamera fallen, die einen Augenblick später im Graben auf einem Stein zerschlug, und griff auch mit der zweiten Hand nach der sich biegenden Birke.

Steffen kämpfte einen Moment mit seinem eigenen Gleichgewicht, dann legte er sich auf den Bauch und packte mich fest an meinem Hosenbund.

So hing ich nun. Unter meinen Füßen zweieinhalb Meter lang nichts.

„Ich zieh dich hoch", ächzte Steffen und riss an meiner Hose herum.

Ich holte Schwung und er erwischte ein Bein von mir, zog kurz daran und ließ es schließlich kraftlos wieder fallen.

„Ich schaffe es nicht. Warte! Noch einmal mit Schwung."

Ich hörte die Nähte des dünnen Stoffes platzen.

„Lass es!", schrie ich. „Halt nur fest. Ich probiere es allein."

Ich versuchte, mich mit meinen nackten Zehen in die Wand zu krallen, um so langsam nach oben zu krabbeln. Doch es gelang mir nicht. Immer wieder rutschte ich ab. Es tat höllisch weh. Schon nach wenigen Versuchen waren meine Zehen wund.

„So geht es nicht", ächzte ich.

Meine Arme wurden lahm und die Sehnen in meinen Achseln fühlten sich an, als stellten sie sich allmählich darauf ein, zu zerreißen, von meinen Fingern schon gar nicht mehr zu sprechen. Ich gab auf. „Ich lass mich fallen", hörte ich mich sagen, „wenn ich hier sowieso schon so aussichtslos hänge, dann kann ich das auch nutzen. Fass nach meiner Hand und dann lass mich so weit es geht hinunter."

„Scheiße, nein!", rief Steffen. „Wie willst du denn wieder raufkommen?"

„Keine Ahnung. Da kann ich jetzt nicht drüber nachdenken. Hagen soll gehen und irgendjemanden holen. Mit einem Seil oder so, und nun mach schon! Ich kann nicht mehr."

„Das gefällt mir nicht“, sagte Steffen. Trotzdem packte er mein rechtes Handgelenk.

Ich lockerte vorsichtig meinen verkrampften Arm. Ich machte mich ganz lang und betrachtete den Boden unter mir. Erde, Sand, Gras und auch ein paar Steine. Wenn ich Glück hatte, verfehlte ich sie.

Als Kind war ich oft zwei Meter in die Tiefe gesprungen. Von Garagendächern oder von Bäumen. Also los!

Ich gab Steffen ein Zeichen und er ließ mich fallen. Mein Magen folgte mir mit etwas Verspätung. Dann krachte es in meinem Knöchel. Ich war ziemlich dumpf gelandet. Mit dem linken Fuß zuerst, dann auf dem Hintern. Der Aufprall erschütterte meinen Körper, mein Knöchel schmerzte, doch sonst war nichts passiert.

„Was ist?“, hörte ich Steffen von oben.

„Alles gut.“ Ich wollte aufstehen, aber mein Bein gab sofort wieder nach. „Mein Knöchel tut weh. Ich glaube, er ist verstaucht oder so.“ Ich umfasste ihn mit beiden Händen, in der Hoffnung, dass es half.

„Und sonst ist alles in Ordnung?“

„Ja, das siehst du doch, oder? Wirf mir mal die Wasserflasche herunter und das Ersatzhemd.“

Steffen ließ beides zu mir in die Tiefe fallen und noch dazu ein belegtes Brötchen.

„Hier, iss mal was.“

Ich befeuchtete das T-Shirt mit dem Wasser und machte mir daraus einen provisorischen Kühlverband. Dann trank ich einige Schlucke.

„Okay, Steffen“, sagte ich, „pass mal auf: Du gehst jetzt zu Hagen und erzählst ihm, dass ich abgestürzt bin. Er soll schnell allein zurücklaufen und sich was einfallen lassen. In der Zwischenzeit sehe ich mir die Kasematten an. Wenn was ist, musst du mich rufen und wenn mir was passieren sollte, dann ...“, ich hielt inne, „ja, dann weiß ich auch nicht. Du kannst ja gleich wiederkommen und in der Nähe bleiben, sobald du Hagen Bescheid gesagt hast."

Ich biss ein großes Stück vom Brötchen ab.

„Mir gefällt das überhaupt nicht", klagte Steffen und trat von einem Bein aufs andere.

„Wie soll ich das deiner Mutter erklären?"

„Am besten gar nicht."

Ich versuchte, ihn mit einem zuversichtlichen Lächeln aufzumuntern.

„Geh jetzt und sag Hagen Bescheid, damit er sich auf den Weg machen kann. Hoffentlich hat er eine gute Idee, wie man hier wieder rauskommt und vor allem, wie wir dann von der Insel wegkommen. Denn allzu weit laufen kann ich heut wohl nicht mehr."

Steffen machte ein ängstlich besorgtes Gesicht. Dann lief er los.

Ich erhob mich mühsam und versuchte aufzutreten. Es war schmerzhaft, aber es ging, nichts gebrochen. Langsam humpelte ich zum Eingang der Festung. Das Gemäuer lag dunkel vor mir. Ich wartete nicht lang und ging hinein.

Die Luft war kalt und feucht. Der Boden mit Schutt bedeckt. Meine Füße schmerzten, doch das interessierte mich jetzt nicht. Ich war drinnen, ich war im Festungskern. Über mir gemauertes Gewölbe und Rundbögen, in meinen Augen überraschend gut erhalten. Ich sah unglaublich viele Räume, Kasematten im dämmrigen Licht. Verbunden durch den endlos erscheinenden breiten Gang, wie ein Kirchengang. Ich erkannte einen gekachelten Raum, der einmal eine Küche gewesen sein könnte. Ich sah auch vergitterte Fenster in meterdicken Wänden. Ich konnte kaum glauben, dass hier einmal Menschen gefangen waren. Feuchtigkeit, Kälte, wenig Tageslicht, dazu schikanierende, prügelnde Wachposten. Konnte jemand nachvollziehen, was das bedeutete? Ich konnte es nicht. Und nach der Gefangenenzeit überall nur Schweigen

Die kalten Wände um mich herum kamen mir plötzlich bedrohlich nahe. Entzogen dem Raum jede Luft. Mein Brustkorb wurde eng. Ich konnte nicht länger hierbleiben. Schnell drehte ich mich um und suchte den Weg zurück ins Freie.

Dezember 1966

Nur wenig Menschen kamen zu Jakobs Beerdigung, die an einem regnerischen kalten Wintertag statt fand. Die Glocken der Dorfkirche hallten dumpf über das flache Land.

Carla stand unter einem schwarzen Regenschirm. Sie stand am Grab ihres Mannes und weinte.

Die Trauergemeinde zog an ihr vorbei.

Carla nahm es nicht wahr. Ihr Blick war leer. Der Arm ihrer Tochter Anna hielt sie fest. Halt und Trost zugleich. Auch Anna war traurig. Sie hatte ihren Vater verloren. Doch Carla konnte ihrer Tochter keinen Trost spenden.

Ihr Mann war tot.

Wenn sie jetzt sterben könnte, wäre ihr das mehr als willkommen.

Über dreißig Jahre waren sie ein Paar gewesen. Eine lange Zeit. Wie sollte Carla nun die Tage zu Ende bringen, ohne ihn? Wie sollte sie im Bett schlafen, mit seinem Kissen neben sich, das noch immer nach ihm roch? Seine Pfeife lag noch da, wo sie immer gelegen hatte, auf dem kleinen Tisch neben dem Sessel. Seine Kleidung hing im Schrank, gleich hinter der Tür, neben ihren Sachen, und sein Rasierzeug stand unbenutzt auf dem Waschtisch. Carla wusste nicht, wie das Leben für sie weitergehen sollte. Sie fühlte sich allein, zurückgelassen. Erst als Anna Carlas Arm drückte, wurde ihr langsam bewusst, dass es noch andere Menschen auf dem Hof gab, ihre Tochter, das Enkelkind und der Schwiegersohn, der sich um alles kümmern würde. Das war gut so.

Jetzt kam der Pastor, als Letzter. Er nahm Carlas Hände in die seinen und sagte etwas.

Carla nickte. Sie verstand nicht, was er sagte. Sie nickte mechanisch vor sich hin.

Die Jahre zogen an ihr vorbei. Carla folgte ihnen. Sie verschwand in der Vergangenheit. In die Zeit, als Jakob und sie frisch verliebt gewesen waren, als sie ihre Zuneigung noch verstecken mussten und sich heimlich im Schafstall trafen, nur um den strengen Blicken des Vater zu entgehen. Auch der war längst gestorben.

Sie dachte an den Abend zurück, als Jakob geweint hatte. Als er ihr von seiner Haft auf der Insel erzählte. Wie oft hatte sie ihn in den Jahren danach auf dem Deich stehen sehen, allein und nachdenklich.

Sie hatten nie wieder darüber gesprochen. Jakob hatte es nicht gewollt. Und Carla auch nicht.

Die traurigen Erinnerungen waren wie eine Wunde gewesen. Eine niemals heilende Wunde, über die ein Tuch gelegt worden war. Jeder blickte darauf, doch niemand wagte darunterzusehen.

Juni 1989

Hagen war so schnell er konnte über das Watt zurückgelaufen. Dann hatte er einen Freund angerufen und mit ihm zusammen auf die Flut gewartet. Schließlich waren sie mit einem kleinen Fischkutter und einer Leiter, die fast so lang war wie das Boot, zurück zur Insel geschippert, um mich zu befreien.

So war ich aus dem Schutzgraben wieder herausgekommen.

Hagen allerdings sprach ab dem Zeitpunkt kein Wort mehr mit mir. Übellaunig verschwand er in der kleinen Bootskajüte.

Doch ich war nicht böse drum. Er war wirklich ein guter Wattführer gewesen, einschließlich meiner Rettung.

Der Kapitän des kleinen Schiffes war sehr freundlich. Er ließ Steffen sogar zeitweise an das Steuer, was diesem große Freude bereitete.

Ich hingegen saß nur still auf der harten Holzbank und fühlte das Schaukeln der Wellen unter mir. Ich roch den Diesel des Schiffsmotors und betrachtete meine kaputten Füße auf den verwitterten Dielen.

Ich hing meinen Gedanken nach, die auf der Insel zurückgeblieben waren.

Am nächsten Morgen freuten sich zwei Kinder am Deich über einen außergewöhnlichen Fund: Zwei Paar neue Gummistiefel. Auch wenn sie ihnen viel zu groß waren, so war das doch eine seltsame Sache, zwei Paar Gummistiefel ordentlich abgestellt und verlassen vorzufinden. Allerhand gruselige und kriminelle Fantasien tauschten sie aus. Kidnapping, Unfall, Mord und Diebstahl zogen sie in Betracht. Bis sie es schließlich derart mit der Angst zu tun bekamen, dass sie die Schuhe sicherheitshalber zur Polizei brachten. Der Beamte nahm die Kinder in ihrer Aufregung sehr ernst und ließ sich genaustens die Umstände des Fundes schildern. Dazu machte er sich eifrig Notizen. Dann nahm er die Stiefel an sich und verabschiedete die Kinder mit der Aussage, dass sie sich absolut korrekt verhalten hätten.

Es dauerte nur wenige Stunden und die Geschichte mit den Stiefeln war bis zu Marie vorgedrungen. Steffen konnte sie im Fundbüro abholen und fuhr danach direkt nach Hause, während ich mir bei Maries Hausarzt die Diagnose abholte, das meinem Knöchel nichts Ernsthaftes fehlte. Mit einem festen Verband konnte ich schließlich sogar wieder einigermaßen laufen. Ich begleitete Marie und ihre Großmutter zum Friedhof.

Es war Freitagnachmittag und der Himmel wolkenlos. Die Sonne schien und ein leichter Wind raschelte nur hier und da in den Bäumen. Ein schöner Tag im Juni. Das Wetter würde halten. Die Nacht würde klar und kühl werden und die Astronomen versprachen einen wahren Regen von Sternschnuppen, so stand es in der Zeitung.

Wir gingen langsam die ruhige Dorfstraße entlang. Der Weg zum Friedhof war nicht weit.

Maries Großmutter saß wimmernd im Rollstuhl. Es klang, als würde sie weinen.

Marie strich ihr sanft über die faltige Wange.

„Ist gut, ich bin ja da." Marie sah mich an. „Ich weiß nicht, was sie so traurig macht. Vielleicht denkt sie an all die geliebten Menschen, die schon lange vor ihr gestorben sind. An ihren Mann, an ihre Tochter – meine Mutter. Ich glaube, manchmal bin ich für sie all diese Menschen zusammen. All die Menschen, die ihr einmal etwas bedeuteten. Ich weiß nie, wo sie sich in ihrer Welt gerade befindet oder in welcher Zeit. Doch auf dem Friedhof geht es ihr gut. Seltsam, nicht wahr? Ich glaube fast, sie sehnt sich danach, endlich dort, bei ihren Lieben zu liegen. Nur dass sie noch nicht sterben kann."

Marie blieb kurz stehen und betrachtete mich.

„Wie geht es dir?"

Diese Frage traf mich so unvermittelt, dass ich verwirrt aufsah.

„Ich weiß nicht genau", sagte ich zögerlich. „Ich hänge immer noch meinen Gedanken nach. Es scheint mir sogar, als hätte ich noch den feuchten Geruch der Kasematten in meiner Nase. Ich hatte wirklich gehofft, auf der Insel das letzte Stückchen zu finden. Die letzte Inspiration, die mich vorantreiben würde, die Geschichte aufzuschreiben. Doch nun ist eher das Gegenteil passiert."

Marie ging langsam weiter und schaute nachdenklich zu Boden.

„Das ist schade. Ich weiß nicht warum, aber ich würde mir so sehr wünschen, dass du es aufschreibst."

Wir durchquerten das eiserne Tor zum Friedhof. Vor uns erhob sich die alte Dorfkirche und warf einen langen Schatten.

Der feine Kies knirschte unter den Rädern des Rollstuhls.

Ich blieb stehen.

„Alles in Ordnung?", fragte Marie.

„Ja, ich bin nur nicht so gern auf Friedhöfen."

Sie nahm mich lächelnd an die Hand und ich kam mir vor wie ein kleines Kind.

„Dieser Friedhof ist schön, du wirst sehen. Er hat eine gute Atmosphäre und schöne alte Gräber."

Zögerlich setzte ich mich in Bewegung.

„Sieh mal", Marie führte mich zu einen kleinen Seitenweg, „das dort hinten ist unser Familiengrab. Rund herum liegen meine Vorfahren." Sie machte mit dem Arm eine ausladende Bewegung. „Alle aus meiner Familie werden hier beerdigt. Ich wohl auch irgendwann. Das ist doch eigentlich eine schöne Vorstellung, oder?"

Ich wusste nicht so recht, ob ich diese Vorstellung schön fand. Unsere Familie war zerrissen und überall verstreut. Ein gemeinsames Grab war undenkbar.

Marie blieb stehen und sah lächelnd auf ein Grab. Ich folgte ihrem Blick. Es war ein Doppelgrab, mit frischen Blumen, liebevoll gepflegt. Auf dem Stein stand der Name Anna Maria Hoffmann. Der Platz daneben war noch frei.

„Meine Mutter", sagte Marie leise. Ich legte ihr sanft den Arm um die Schultern.

Doch sie lächelte nur kurz und machte sich langsam von mir frei. Dann schob sie ihre Großmutter etwas zurück, in den Schatten einer Eiche, und nahm eine Gießkanne zur Hand.

„Ich komme gleich wieder", sagte sie und ging zum Brunnen. Ich schaute ihr nach. Dann schlenderte ich unschlüssig umher und betrachtete die Gräber. Auf den alten Steinen waren manche Namen kaum noch zu lesen, halb verdeckt unter einer Schicht von Moos.

Ich schaute auf ein Doppelgrab. Geboren 1864 und 1868, gestorben im selben Jahr, 1939.

Ich ging weiter. Ein schwarzer Stein, quadratisch und mit abgerundeten Ecken, wieder ein Ehepaar. Geboren 1889, gestorben 1951 und geboren 1896, gestorben 1957.

Marie kehrte zurück. Sie entfernte ein paar Blätter und verdorrte Stängel vom Grab ihrer Mutter. Dann nahm sie die Gießkanne und begoss die jungen Pflanzen.

Ich blieb stehen und sah ihr ein wenig verunsichert bei der Arbeit zu. Als sie fertig war, stellte sie sich neben mich und ergriff meine Hand.

„Schön, dass du mitgekommen bist."

Ich streichelte sanft ihre Handfläche. Dann betrachtete ich das Grab gleich neben dem ihrer Mutter. Auch hier war noch ein Platz frei. Ein Mann lag dort begraben. Der graue Stein mit schwarzer Schrift verriet seinen Namen: Jakob Weilandt.

„Sind das auch deine Vorfahren?"

„Ja. Das ist mein Großvater." Marie zeigte auf das Grab. „Und der Platz daneben ist für meine Großmutter."

„Jakob Weilandt, geboren 1909, gestorben 1966." Ich las den Namen noch einmal. „Seltsam."

„Was ist?"

„Ich weiß nicht, aber ich habe diesen Namen schon mal gehört. Jakob Weilandt, Jakob Weilandt. Auch dieses Geburts- und Todesdatum." Ich dachte nach.

„Na ja, das ist kein sehr außergewöhnlicher Name."

Ich schüttelte unwirsch den Kopf.

„Nein, das ist es nicht. Ich kenne diesen Namen aus irgendeinem besonderen Zusammenhang. Ich weiß nur im Moment nicht, woher."

Jakob Weilandt, der Name war irgendwo in meinem Gedächtnis abgespeichert. Das wusste ich genau, aber ich konnte keine Verbindung zu diesem Grab herstellen. Doch gab es eine, da war ich mir ganz sicher. Ich wurde allmählich konfus. Die

Sache war wichtig, auch das wusste ich. Ich rieb mir die Stirn, bis sie ganz rot war.

„Jakob Weilandt, Jakob Weilandt", wiederholte ich.

Und dann plötzlich wusste ich es.

Ich starrte Marie an.

„Jakob Weilandt ist dein Großvater?"

„Ja", sagte sie verwirrt.

„Und das ist seine Frau?"

Ich deutete auf Maries Großmutter.

„Ja, Carla Weilandt."

Die alte Frau im Rollstuhl begann zu wimmern, als sie ihren Namen hörte.

Mir stieg das Blut in den Kopf. Ich hatte den Namen schon einmal gelesen. Da gab es keinen Zweifel! Erst ein paar Tage war es her. Jakob Weilandt. Er hatte ganz am Ende gestanden. Am Ende der Liste – im Buch!

„Marie, das ist nicht wahr, oder? – Marie!" Ich schrie ihren Namen fast.

„Was ist denn? Was hast du auf einmal!"

„Du hast es die ganze Zeit über gewusst. Du hast es gewusst und nichts gesagt! Warum?"

„Wovon zum Henker redest du? Vielleicht sagst du mir endlich, was los ist!"

„Verdammt! Auf der Insel war ein KZ! Und du hast es gewusst! Du hättest mir alles erzählen können, bis ins kleinste Detail."

„Ich verstehe nicht. Ich verstehe hier absolut gar nichts!"

„Ach nein? Du verstehst nichts?" Ich konnte mich nur noch mit Mühe beherrschen. „Dein Großvater war im KZ. Auf Langlütjen. Ich habe seinen Namen auf der Gefangenenliste gelesen – behaupte nicht, dass du es nicht gewusst hast. Du kannst jetzt aufhören mit deinem ahnungslosen Getue. Du hast mich die ganze Zeit über umherlaufenlassen, wie ein kleines Kind, anstatt mir einfach gleich die Wahrheit zu sagen. Was sollte das? Wolltest du mich hier und heute einweihen, an diesem Ort? Scheiße noch mal!“ Ich trat gegen einen Stein, der gegen die Kirchmauer flog.

Marie starrte mich leichenblass an. Dann wich sie zurück, stolperte fast und hielt sich im letzten Augenblick an dem Grabstein ihrer Mutter fest. Ihre Stimme zitterte.

„Ich habe es nicht gewusst“, sagte sie schwach.

Doch das hörte ich schon nicht mehr. Ich war innerlich längst verschwunden – abgetaucht in meiner Verwirrung und Wut, wie schon so oft im Leben. Was sollte ich noch glauben? Maries Großvater, ein Gefangener auf der Insel. Und sie soll von alledem nichts gewusst haben?

Nein! Das konnte ich nicht glauben! Gar nichts ging mehr, mein Kopf war zu, mir schwindelte. Ich musste weg. Das war besser so.

Hastig drehte ich mich um und lief zum Tor hinaus. Ich lief fort, wieder einmal. Was hätte ich auch sonst tun sollen? Meine Wut und Enttäuschung hatten das Kommando übernommen, und dann war ich besser allein mit mir.

Ich hastete zu meinem Auto, ohne den wunden Knöchel zu spüren. Ich öffnete die Tür, sprang hinein und startete durch. Die Reifen quietschten auf dem Asphalt.

Ich raste nach Hause, ohne Rücksicht auf irgendwas. Autos hupten und Fußgänger tippten sich an die Stirn. Ich war blind und ich war taub.

Irgendwann später kam ich zu Hause an, schon etwas ruhiger geworden. Doch ich mochte nicht ins Haus gehen. Ich schlug den Weg ins Moor ein und begann ungeachtet der Schmerzen zu rennen. Ich lief ein Stück, ein langes Stück. Mit jedem Schritt kehrte ich ein wenig mehr zu mir selbst zurück. Bis ich wieder denken konnte. Bis ich wieder ich war.

Nach einer Weile stoppte ich. Mein Atem ging schnell und stoßweise. Ich wischte mir mit der Hand über die schweißnasse Stirn. Dann setzte ich mich auf einen abgesägten Baumstumpf. Ich stützte das Kinn in meine Hände und sah verloren vor mich hin.

Ich dachte an Marie. An meine Marie. Und dann fing ich an zu weinen. Die Tränen tropften durch meine Finger zu Boden und mein schluchzendes Klagen wurde vom Moor verschluckt.

Es dämmerte.

Langsam ging ich nach Hause, fühlte mich nun klarer im Kopf. In Gedanken sah ich Marie vor mir, wie sie sich an dem Grabstein ihrer Mutter festgehalten hatte.

Sie war schockiert gewesen von meinen Worten. Sie hatte es nicht gewusst. Sie würde mich nicht anlügen.

Ich schloss die Haustür auf.

Still und erschöpft war ich. Ich knipste das Licht an, trank ein Glas Wasser und knipste es wieder aus. Ich öffnete die Terrassentür.

Einen Sternschnuppenregen hatten die Astronomen versprochen. Ich trat hinaus ins Freie.

Die Nacht hatte ihr schwarzes Zelt gespannt, verlässlich wie die Pfadfinder, im gleichmäßigen Tempo, Stück für Stück. Bis auch das letzte Blau am Himmel verschwunden war und Stille und Dunkelheit eintraten und mit der Dunkelheit eine unwahrscheinliche Fülle von Sternen, die sich in einem weiten Bogen über mir ausbreitete. Ich fühlte mich unter ihnen wie unter einer Glocke, geschützt und fast schon geborgen.

Ich legte den Kopf in den Nacken und schaute hinauf, völlig versunken.

Diese Menge der Sterne, deren Zahl ich nicht kannte, machte mich ganz verrückt.

Mein Leben machte mich verrückt. Doch was bedeutete das, angesichts dieser Unendlichkeit über mir? Was bedeutete schon mein kleines Leben? Nicht mehr als ein Fussel auf einem Pullover. Ein Wollfussel war ich, nicht auf einem Pullover, sondern in der Hundertschaft einer Schafsherde.

Ich schüttelte den Kopf.

Fragen eröffneten sich mir, auf die bis heute niemand eine Antwort wusste.

Vielleicht, weil es nicht gut für uns war, für unser einfaches Leben auf dieser Erde, wenn wir all diese Antworten hätten.

Ich schaute noch immer hinauf und war mir ganz sicher, dass jeder von uns diese Antworten im Grunde wusste. Sie waren irgendwo in unseren Köpfen hinter einer Wand verborgen, wie in einer riesigen Bibliothek. Aber wir konnten die Tür dorthin nicht finden – oder vielleicht konnten wir uns nur nicht mehr erinnern? Irgendwann, wenn wir diese Erde und diesen Körper verließen, wäre es auf einmal wieder da, unsere beharrliche Teilamnesie würde sich wie von selbst aufheben und wir konnten endlich auf unser gesamtes Wissen blicken.

Ja, das glaubte ich.

Ich sah in den Himmel und wartete darauf, mein Menschenkleid in diesem Moment zu verlassen, um endlich einen ersehnten Einblick in das unendliche Wissen zu bekommen.

Aber es geschah nicht. Meine Füße hafteten am Boden und zeigten mir deutlich, wo ich hingehörte. Schweren Mutes atmete ich aus. Der Himmel würde mir also nicht helfen.

Doch dann löste sich ganz überraschend ein Stern und drohte mir auf den Kopf zu fallen.

Ich duckte mich, doch da war er auch schon wieder verglüht.

Wie war das noch? Ich dachte mir einen Wunsch aus. Das fiel mir nicht schwer. Ich hatte nur einen einzigen Wunsch. Noch während ich ihn flüsterte, wusste ich plötzlich, was zu tun war.

Ich wusste es einfach und ich glaubte sogar daran.

Ich hatte es gefunden, einen Anfang und einen Hauptteil. Es ging um das Leben und es ging um Liebe.

Nur das Ende, das wusste ich noch nicht, aber vielleicht würde es ein gutes Ende werden.

Ich ging in mein Haus zurück und setzte mich an den Schreibtisch.

Dann geschah erst mal gar nichts.

Ich saß sehr lange Zeit einfach nur da. Ein weißes Blatt Papier lag vor mir und wartete geduldig auf meinen Anfang.

Ich tat mich wirklich schwer.

Irgendwann schrieb ich den ersten Satz. Ein weiterer folgte und dann noch einer. Schreiben war wirklich nicht leicht.

Nach einer langen Weile machte ich eine Pause und begutachtete die ersten Zeilen.

Sie waren nicht gut, aber sie waren auch nicht schlecht.

Ich war zufrieden mit mir. Zufrieden, weil ich nun tatsächlich angefangen hatte. Da stand es vor mir, schwarz auf weiß. Ich hatte begonnen, die Geschichte aufzuschreiben.

Die Geschichte von Langlütjen, von Carla und Jakob, von Marie und mir. Ihre Liebe und unsere Liebe als Widerlager für eine Zeit, in der so viel aus Hass geschehen war.

Ich hatte mich verändert. Ich war auf halber Strecke zu mir zurückgekehrt. Ich hatte die Abzweigung wiedergefunden, an der ich irgendwann falsch abgebogen. Damals, als Kind vielleicht oder einige Jahre später.

Ich glaubte, nun zu wissen, was ich mit meinem Leben anfangen wollte. Ich wollte endlich überhaupt etwas anfangen und zu Ende bringen. Etwas, das mir wirklich wichtig war. Wenn ich das geschafft hatte, dann würde ich auch alles andere schaffen.

Ich wollte diese Geschichte schreiben, für Marie, die es nicht gewusst hatte, weil in ihrer Familie nie darüber gesprochen wurde.

Und für Carla, die sich ebenfalls tapfer an das Gebot des Schweigens gehalten hatte.

Und für Jakob.

Und für all die anderen Häftlinge, die ein trauriges Stück ihrer Lebenszeit auf der Insel gelassen hatten.

Ich weiß nicht, ob sie es gewollt hätten, aber es sind auch nur ein paar Seiten gegen das Vergessen.

Ich kann nicht sagen, was daraus wird. Aber wie es begann:

Kapitel 1

Der alte Hof lag nahe am Deich. In einem stillen Ort mit schweigsamen Menschen. Nur wenn der Wind das Wasser peitschte und Donner über die Küste rollte, saßen alle zusammen, teilten ihre Furcht und keiner schämte sich dafür.

Generationen lebten hier, tauschten Zimmer, übergaben einander das Bett. Seit wann, das wusste niemand mehr und im Grunde kümmerte das auch nicht. Es gab ein paar Höfe entlang des Deiches und mit ihnen Menschen, die sich irgendwann einmal dazu entschlossen hatten, in dieser flachen rauen Gegend zu leben. Warum auch immer.

Ein ewiger Kampf mit dem Wasser, um einen tristen Landstrich. Mal gewann ihn das Meer, mal der Mensch, dann wieder das Meer.

Carla stand auf dem Deich, aufrecht und reglos. Nur ihr dunkler Umhang flatterte von Zeit zu Zeit im Wind …

Danke an:

Herrn Julius Schreckenberg unbekannterweise, für sein Buch „Festungsinseln an der Wesermündung und Konzentrationslager Langlütjen 2 – Ochtumsand“, das mir in jungen Jahren wie eine kleine Offenbarung war und als Recherche und Inspiration diente.

Und ich danke nicht weniger dem Verlag „Atelier im Bauernhaus“, Herrn Stock und Frau Nina Hinrichsen für die große Wertschätzung und Energie, die sie diesem Buch entgegenbrachten und so zur Geburt verhalfen.

Braunes Wasser hätte kein besseres Zuhause finden können!

Und Annamaria Markos, Angyalom, der klugen Frau an meiner Seite.

Das umfangreiche Werk des Bildhauers Ludwig Münstermann entstand zwischen 1580 und 1638.
Gerd Mettjes gibt einen Überblick über Münstermanns Schaffen und stellt Kirchen im nördlichen Oldenburger Land vor, in denen auch heute noch die Werke dieses interessanten Bildhauers besichtigt werden können.

Perikles Krause, genannt Peh, ist Germanistik-Dozent an der Universität Oldenburg. Im Sommersemester 2000 entscheidet sich seine Zukunft: Gelingt es ihm, ein Aufsehen erregendes Theaterstück auf die Beine zu stellen, ist seine akademische Laufbahn gesichert. Peh trommelt eine Gruppe Studenten zusammen, mit denen er Mary Shelleys Frankenstein auf die Bühne bringen will. Doch damit beginnen die Probleme erst: Eine Studentin springt entnervt ab, Pehs Vater fühlt sich von seinem Sohn vernachlässigt, und Anton, der Rebell unter den Schauspielern, stellt Pehs Autorität beharrlich in Frage. Und dann ist da auch noch die geheimnisvolle Tamar, die ihr ganz eigenes Spiel mit Peh spielt …

Jens-Ulrich Davids
Frankensteins Erben
Taschenbuch, 328 Seiten
978-3-88132-341-3 12,90 Euro

Verlag Atelier im Bauernhaus
www.atelierbauernhaus.de

Butjadingen im Doppelpack

Das kleine Butjadingen-Buch von Klaus Dede ist eine Primärinformation für jeden Besucher des Landes zwischen Jadebusen und Wesermündung. Kulturgeschichte aus befugter Hand mit liebevollen Zeichnungen und stimmungsvollen Fotos von Walter Cloppenburg.

Englische Broschur, 96 Seiten
ISBN 978-3-88132-101-3 6,95 Euro

Klaus Dede, Journalist und Buchautor, ist einem Ereignis während der Franzosenzeit nachgegangen: Zehn Männer wurden vor der Blexer Kirche öffentlich erschossen.
Die Franzose wollten im letzten Augenblick vor ihrer Vertreibung ein Zeichen setzen. Passiert war eigentlich nur ein Kaffeediebstahl. Im national gestimmten Deutschland galt dies als Martyrium, das nach Rache schrie, und so wurde ein pompöses Denkmal für die Erschosssenen errichtet.

Festbindung, 280 Seiten
ISBN 978-3-88132-298-0 14,95 Euro

Annelie Schlobohm
Februarflut
Gesche-Reihe Bd. 1
Historischer Roman

Annelie Schlobohm
Twielenfleth
Gesche-Reihe Bd. 2
Historischer Roman

Annelie Schlobohm
Gesches Glück
Gesche-Reihe Bd. 3
Historischer Roman

Gisela Stammer
Bauernkanari
Roman eines
Jahrhundertlebens

Uwe Prink
Leben ist ein
Nebenjob
Ein Musikroman

Andrea Schampier
Agneta Willeken
Historischer Roman
aus Hamburg und
Lübeck

Anke Klencke
Der Schlüssel zur
Vergangenheit
Historischer Roman

Kerstin Lorenz
unpassierbar
Ein Grenzroman

Schwarze Segel im
Teufelsmoor –
Moorbibliothek 1
Hg. von W.-D.
Stock

Reise ins
Teufelsmoor
Moorbibliothek 2
Hg. von Elke Loewe

Bei den Künstlern
im Teufelsmoor
Moorbibliothek 3
Hg. von H.-G.
Pawelcik

Winterfahrt ins
Teufelsmoor
Moorbibliothek 4
Hg. von Petra
Hempel